»Haben Sie das verstanden?« Diese Frage hat Sabine Reichert schon einige Male in ihrem Leben gehört, und eigentlich hätte sie jedesmal antworten müssen: »Nein!« Doch da sie nicht unfreundlich sein wollte, hat sie lieber geschwiegen. Und so geschieht es, daß sie unverhofft in den Besitz einer Detektei kommt, obwohl sie doch eine technische Zeichnerin ist und eigentlich einmal Schauspielerin werden wollte. Da sie aber seit ein paar Monaten arbeitslos ist und ihr Freund sie gerade verlassen hat, nimmt sie die Herausforderung an, weil sie so der Leere ihres augenblicklichen Daseins zu entkommen hofft.

Gleich ihr erster Auftrag bringt sie mit der hohen Politik in Berührung, verwickelt sie in einen höchst brisanten Fall: Plutoniumschmuggel. Sie erfüllt ihre Aufgabe zur vollen Zufriedenheit ihres Auftraggebers, ohne jedoch die Zusammenhänge zu durchschauen, weil sie eigentlich und vor allem mit einer alten und neuen Beziehung beschäftigt ist. Von den tatsächlichen Vorfällen erfährt sie wenig oder gar nichts, nicht einmal, daß auch ein Mord im Spiel ist. Die Hintergründe des Falls deckt dagegen ihre alte Schulkameradin Anna Wagner auf, eine engagierte Journalistin, die sehr bald die Verantwortlichen benennen kann. Doch ihr glaubt man nicht. Es fehlen die handfesten Beweise, dank Sabine Reicherts »erfolgreicher« Arbeit. In diesem spannenden und unterhaltsamen Roman geht es nicht so sehr um die Frage, wer was warum getan hat und wie man ihm auf die Schliche kommt, sondern vor allem um die beiden Freundinnen, die in die mysteriösen Aktionen verwickelt werden und denen ihr Privatleben und ihre Beziehungskonflikte immer wieder in die Quere kommen.

Anna Johann war viele Jahre als Dramaturgin und Regisseurin an verschiedenen Theatern tätig. Sie hat Filmdrehbücher, Hörspiele, Kurzgeschichten und Theaterstücke geschrieben. Heute lebt sie als freie Autorin und Übersetzerin auf der Insel Stromboli in Süditalien. Im Fischer Taschenbuch Verlag erschienen ihre beiden Romane ›Geschieden, vier Kinder, ein Hund – na und?‹ (Bd. 11118) und ›Ich liebe meine Familie – ehrlich‹ (Bd. 13082).

Anna Johann

Ihr erster Auftrag

Roman

Fischer Taschenbuch Verlag

Die Frau in der Gesellschaft
Herausgegeben von Ingeborg Mues

Originalausgabe
Veröffentlicht im Fischer Taschenbuch Verlag GmbH,
Frankfurt am Main, Dezember 1997

Gesamtherstellung: Clausen & Bosse, Leck
Printed in Germany
ISBN 3-596-13535-4

Ihr erster Auftrag

»Haben Sie alles verstanden?«

Die Ungeduld in der Stimme des Notars ist nicht zu überhören. Man kann es ihm kaum übelnehmen. Schließlich stellt er diese Frage schon zum dritten Mal. Aber auch jetzt bekommt er keine Antwort. Diese Frau mit dem blassen Gesicht und den seltsamen Augen, die ihm gegenüber auf der anderen Seite des Schreibtisches sitzt, zeigt keine Reaktion. Es müßte irgendwie weitergehen. Er weiß nur nicht, wie.

Sie weiß es auch nicht. Sie hat nämlich überhaupt nichts verstanden. Alles, was er ihr in der letzten halben Stunde vorgetragen hat, liegt völlig außerhalb ihres Begriffsvermögens. Sie bemüht sich ja noch immer zu begreifen, wieso sie überhaupt hier in dieser Kanzlei sitzt, von deren Existenz sie bis vor zwei Tagen noch keine Ahnung gehabt hatte. In diesen Teil der Stadt kommt sie selten. Es muß schon Jahre her sein, daß sie einmal durch diese Straße gefahren ist. Sie kann sich kaum noch daran erinnern. Sie mußte irgendwelche Papiere für ihr Büro abholen. Ihr Büro, das war es nun auch schon lange nicht mehr.

Vorgestern hatte sie sich endlich dazu aufraffen können, ihr Bett zu verlassen, in dem sie mehr oder weniger trübsinnig die letzten beiden Wochen verbracht hatte. Wenigstens notdürftig wollte sie etwas Ordnung schaffen. Ihre Wohnung war ein einziges Chaos. Auf ihrem Schreibtisch stapelte sich die ungeöffnete Post. Wozu sich die Mühe machen und die Briefe öffnen, hatte sie gedacht. An der Größe und Dicke des Umschlags war ja von außen schon zu erkennen, daß ihre Bewerbungsunterlagen mit einem negativen Bescheid zurückgeschickt worden waren. »Wir bedauern, Ihnen mitteilen zu müssen, daß wir uns für einen anderen Bewerber/eine andere Bewerberin entschieden haben. Wir danken Ihnen für Ihr Interesse...«, und so weiter, und so weiter. Wie oft sie das in den letzten beiden Monaten schon gelesen hatte, wußte sie nicht zu sagen.

Als ihr vor knapp einem Vierteljahr völlig überraschend gekündigt worden war, hatte sie zunächst mit Erleichterung reagiert. Sie haßte ihre Arbeit. Das nahm sie zumindest an, bis sie nach einer Woche der Freiheit, die sie doch eigentlich genießen wollte, zu ihrer Verwunderung feststellen mußte, daß sie mit sich absolut nichts anzufangen wußte, wenn ihr Tag nicht durch geregelte Bürostunden ausgefüllt war. Reisen hatte sie unternehmen wollen, ausgedehnte Reisen, da die Beendigung ihres Arbeitsverhältnisses durch eine für ihre Verhältnisse recht ansehnliche Abfindungssumme versüßt wurde. Sie wollte sich endlich die Welt ansehen und dabei in aller Ruhe überlegen, was sie danach anfangen wollte. Vielleicht könnte sie ja noch einmal etwas völlig Neues beginnen. Ein Studium vielleicht, eine andere Ausbildung.

Nichts davon hatte sie verwirklicht. Statt dessen hatte sie in panischer Hast begonnen, sich um eine neue Stelle in ihrem alten Beruf als technische Zeichnerin zu bemühen.

Untätig hatte sie in ihrer Wohnung gesessen und wie ein hypnotisiertes Kaninchen auf die Post gewartet. Nach der fünften oder zehnten Absage war sie nur noch alle drei Tage hinuntergegangen, um den Briefkasten zu leeren und um sich mit ausreichend Plätzchentüten und Milch zu versorgen. Ihre einzige Nahrung, die sie meistens im Bett einnahm, wobei sie tatenlos aus dem Fenster starrte. Das heißt, so ganz tatenlos auch wieder nicht. Denn meistens spielte sie in Gedanken wieder und wieder die Szene durch, in der ihr langjähriger Freund ihr mitgeteilt hatte, daß er sich von ihr trennen werde.

Mal hielt sie ihm hohnlachend alle seine Charakterfehler, sein schlechtes Benehmen, sein wenig vorteilhaftes Äußeres vor, ließ ihn völlig am Boden zerstört zurück, während sie hoheitsvoll aus dem Zimmer rauschte, nicht ohne an der Tür den letzten tödlichen Pfeil abzuschießen: »Und im Bett bist du auch eine Niete.«

Mal ließ sie seine Rede mit versteinertem Gesicht über sich ergehen, um sich bald darauf mit weit ausgebreiteten Armen von dem Kirchturm, den man von seinem Fenster aus sehen konnte, in den Tod zu stürzen und ihn so sein Leben lang durch diese große Schuld an sich zu fesseln.

Mal nahm sie aus ihrer Handtasche eine kleine silbern glänzende Pistole und schoß ihm genau zwischen die strahlendblauen Augen, die sie einstmals so liebevoll angelächelt hatten.

Und manchmal meuchelte sie ihn mit einem Fleischermesser und verspeiste genüßlich seine Eingeweide. Nach dieser Vorstellung ging es ihr merkwürdigerweise am besten.

Doch in Wirklichkeit hatte sie ihn genauso rat- und sprachlos angestarrt wie jetzt den Notar, und auch er hatte mehrmals gefragt: »Hast du mich verstanden?«

Ihr Freund hatte sich geschickterweise für seine Mitteilung, mit der er eine Reihe von Jahren voller gemeinsamer Pläne, wie Heirat und die Anzahl der Kinder – drei sollten es mindestens sein –, der Vergangenheit überantwortete, den Tag ausgesucht, an dem ihr gekündigt worden war.

Sie zuckt zusammen, weil sie eine Hand auf ihrer Schulter spürt.

»Frau Reichert, ist Ihnen nicht gut?«

Sie schüttelt die Hand ab, lächelt den Notar entschuldigend an.

»Nein, nein, mit mir ist alles in Ordnung. Könnten Sie mir vielleicht bitte das Testament noch einmal vorlesen?«

Sie hat zwar jedes Wort in Erinnerung, aber die Wiederholung gibt ihr Zeit, den Inhalt vielleicht endlich doch zu verstehen und zu begreifen, wie sie hierhergekommen ist.

Bis zum Aufräumen ihres Schreibtisches vor zwei Tagen hatten sich ihre Gedanken schon der Realität genähert. Bis zu dem Stapel ungeöffneter Post war sie schon gekommen. Und darunter hatten sich eine Todesanzeige und das Schreiben dieses Herrn befunden, der jetzt mit einem unüberhörbaren Seufzer noch einmal die ganze Prozedur von vorne beginnt.

Ihre Tante ist gestorben, die Schwester ihres Vaters, zu der sie in den letzten Jahren kaum noch Kontakt hatte, obwohl beide in derselben Stadt lebten. Morgen soll die Beerdigung sein. Sie erinnert sich, als Kind hatte sie sie sehr geliebt, wenn sie ihr auch immer ein wenig angst gemacht hatte. Sie war eine große, imposante Person mit einer lauten Stimme, die immer von ihr verlangte, laut und deutlich zu sprechen, und sie mit jähen Ausbrüchen von Zärtlichkeit überraschte. Und nun hat sie sie zur Erbin gemacht. Es sei kein besonders großes Vermögen, sagte einleitend der Notar. Doch für Sabine Reicherts Verhältnisse ist es geradezu beängstigend. Über soviel Geld hat sie noch nie verfügen können. Das Erbe ist allerdings an eine Bedingung geknüpft. Die Verstorbene verlangt von ihrer Nichte, die Detektei zu übernehmen, die ihr gehörte, und das Unternehmen in ihrem Sinne weiterzuführen.

»Ich bin überzeugt, Du bist genau die richtige Person, um dieser Aufgabe gerecht zu werden«, schreibt sie in einem Begleitbrief zu ihrem Testament.

Wie kommt sie bloß darauf? Unter dem Leben einer Detektivin stellt sich Sabine Reichert stundenlange Observationen an finsteren Orten bei Sturm und Regen vor. Und sie haßt Kälte und Nässe, und mutig ist sie auch nicht. Denn, wie man so hört und liest, ist diese Arbeit ja auch mit Gefahr für Leib und Leben verbunden.

Was sie schließlich auf die entsprechende Frage des Notars antworten läßt: »Ja, ich nehme das Erbe an«, hat ausschließlich damit zu tun, daß sie glaubt, so der Leere der letzten Wochen entrinnen zu können.

Mit nicht ganz den gleichen Worten beschrieb mir Sabine die unvorhergesehene Wendung ihres Lebens, als sie plötzlich zu meiner großen Überraschung in der Redaktion vor mir stand. Ich habe sie sofort wiedererkannt, obwohl wir uns vor schätzungsweise zwanzig Jahren das letzte Mal gesehen haben. Wir waren beide in derselben Klasse.

Sie gehörte zwar nicht zu meiner Clique, im Grunde genommen gehörte sie zu gar keiner Clique, aber ich habe diese Klassenkameradin doch sehr deutlich in Erinnerung behalten, obwohl sie ziemlich unauffällig war und nichts tat, das zu ändern. Sie machte unsere jeweiligen Modetorheiten nicht mit, sie schminkte sich nie, trug die gesamte Schulzeit über, das heißt von der fünften bis zur dreizehnten Klasse, die gleiche Frisur, einen dicken Zopf. Nie habe ich sie in einer Disko getroffen, und auf Klassenfahrten blieb sie meistens im Zimmer, saß auf ihrem Bett und las. Sie hatte eine leise Stimme, mit der sie sich selten zu Wort meldete, und ließ sich zu allem und jedem mißbrauchen, weil sie grenzenlos gutmütig war. Sie war das Ziel des allgemeinen Spotts, der aber irgendwie ins Leere ging, weil sie überhaupt keine Antenne für Boshaftigkeiten hatte. Die Streiche, die wir ihr spielten, ließen einen bitteren Nachgeschmack bei mir zurück. Ich schämte mich, weil sie keine richtige Gegnerin war.

Eine Besonderheit leistete sie sich allerdings, und das mit der größten Selbstverständlichkeit. Sie kippte manchmal wortlos ohnmächtig aus der Bank, wenn unser Klassenlehrer den Raum betrat. Aber über ihre Gefühle hat sie nie gesprochen, sich auch nie an unseren Gesprächen über Männer im allgemeinen und besonderen beteiligt. Nach dem Abitur verschwand sie dann völlig aus meinem Blickfeld. Ein Jahr später bekam ich zu meiner allergrößten Überraschung von ihr einen Brief aus Berlin. Sie besuche seit knapp einem halben Jahr dort die Schauspielschule und finde die Stadt ganz toll. Ich müsse sie unbedingt mal besuchen kommen. Was ich nicht tat, auch wenn mich dieses Rätsel, wieso man sie für die Ausbildung zu diesem Beruf angenommen hatte, tagelang beschäftigte. Auf diese Idee wäre keiner in unserer Klasse gekommen. Zwei Monate später kam grußlos eine jener vorgedruckten Karten, mit denen man seine neue Telefonnummer mitteilt. Der Anschluß lautete wieder auf eine Nummer in unserem so oft verfluchten »Provinznest«.

Ich habe nie angerufen, und sie hat sich danach auch nicht mehr gemeldet. Meine letzte Information über sie lautete, sie sei zum katholischen Glauben konvertiert und in ein Kloster eingetreten.

Und jetzt sitzt sie mir in dem Café gegenüber, in dem ich mich mit ihr zur Mittagspause verabredet habe, und berichtet stolz, wie sie mich gefunden hat. Ihre erste erfolgreiche Recherche in ihrem neuen Beruf. Unserer ehemaligen Englischlehrerin schreibe nicht nur ich ab und zu eine Karte. Sabine eine Detektivin, ich kann es nicht fassen.

»Weißt du, Anna, mir ist immer noch nicht klar, warum meine Tante mich für fähig hielt, ihre Detektei weiterzuführen. Und genausowenig begreife ich, warum ich dieses Erbe angenommen habe. Aber nun ist es passiert. Ich habe ja gesagt, und nun muß ich sehen, wie ich damit zu Rande komme. Das bin ich Tante schuldig.«

Ein typischer Sabine-Satz. Ich schaue sie mir an, ihr ernstes Gesicht mit der blassen Haut, irgendwie »kontrastarm«. Ein Lidstrich oder Wimperntusche könnte daran vielleicht etwas ändern, oder eine andere Haarfarbe. Dieses matte Blond wird durch das biedere graue Kostüm auch nicht lebendiger. Aber ihren Zopf hat sie abgeschnitten. Die Prinz-Eisenherz-Frisur läßt sie unglaublich jung aussehen. Überhaupt hat sie kaum eine Falte. Wahrscheinlich grimassiert sie nicht so ausdrucksstark wie ich. Ihre Stimme ist immer noch sehr leise. Schon zum wiederholten Mal versucht sie, die Bedienung auf sich aufmerksam zu machen. Vergeblich. Erst als ich die Hand hebe, kommt die Kellnerin an unseren Tisch.

»Ja, bitte?«

»Ich möchte gerne noch ein Kännchen Kaffee, bitte. Wenn es möglich ist.«

»Wieso soll das nicht möglich sein. Wenn ich mich richtig erinnere, ist das hier ein Café.«

Ein leicht amüsierter Blick trifft mich. Ich verstehe die Botschaft. »Was ist das denn für eine?«

Sabine sieht mich an, und wir lächeln uns einvernehmlich zu. Wie es scheint, hat sich in den letzten Jahren nichts geändert. Sie ist und bleibt ein Mensch, den man einfach übersieht.

»Und dabei bin ich jetzt Unternehmerin.« Ein leiser Stolz liegt in ihrer Stimme. »Hier.«

Und als müßte sie es sich selbst beweisen, studiert sie erst gründlich ihre Visitenkarte, die sie aus ihrer Handtasche hervorgekramt hat, bevor sie sie mir über den Tisch reicht. Da steht es schwarz auf weiß: »Reichert & Reichert – Ermittlungen«.

Die Detektei ihrer verstorbenen Tante liegt im »Nobelviertel« unserer gemeinsamen Vaterstadt. Ich erinnere mich sogar daran, daß ich mit meinem Vater einmal dort gewesen bin. Weiß der liebe Himmel, warum. Auf jeden Fall sehe ich das Haus sehr genau vor mir. Den Eingang flankierten zwei Säulen, und eine breite Treppe führte zu der schweren Eingangstür aus dunklem Holz. Es gab da einen Türklopfer, der mich sehr beeindruckte. Ein mächtiger Löwenkopf mit einem abgegriffenen, glänzenden Ring in seinem Maul, den mein Vater damals mit einem schrägen Grinsen zu mir herunter kräftig gegen die Tür schlug. Ich habe den Klang noch im Ohr, sehe auch noch die hohe Halle, in der wir warten mußten. Sie hatte einen schwarzweiß gefliesten Boden. Ins Obergeschoß führte eine breite Steintreppe. Eine Dame kam die Stufen herunter. Sie trug lange schwarze Hosen mit breitem Schlag, ein weißes Hemd mit Rüschen, auch an den Manschetten, die über ihre Hände fielen, und eine schwarze, ärmellose Weste. Eine ungewöhnliche Erscheinung, die ich nicht vergessen habe. Ihre Lippen waren knallrot geschminkt und ihre Haare streichholzkurz geschnitten. An deren Farbe kann ich mich nicht mehr erinnern, wohl aber an das Büro, in das die Dame uns führte. Es hatte eine Kassettendecke aus Holz und ringsum wandhohe Regale voller Bücher. Genauso stellte ich mir die Bibliothek des gütigen Mr. Brownlow vor, von dem ich mich in meinen Wachträumen so gern als Waisenkind adoptieren ließ. Ich las damals zum dritten Mal »Oliver Twist« von Charles Dikkens. Der Platz hinter dem Schreibtisch war ausgespart für ein riesiges Bild, das heißt, für mich war es eigentlich nur ein riesiger Farbfleck, leuchtend rot. Von monochromen Bildern habe ich erst sehr viel später etwas erfahren.

»Es hat sich nichts geändert. Das Haus sieht immer noch ganz genauso aus, bis ins letzte Detail. Auch das Bild hängt immer noch da.«

Ich schaue mir Sabine etwas näher an. Ich habe kein Wort gesagt. Kann sie Gedanken lesen? Sie lächelt zufrieden. Ich grinse zurück.

»Und jetzt sag mir endlich mal, was dich nach München gelockt hat?«

»Nun ja, ich weiß noch nicht, was ich von all dem halten soll.« Sie schüttet die Sahne in ihren Kaffee, den die Bedienung mittlerweile gebracht hat, und schaut gebannt auf die weiße Spur, die sie auf der braunen Oberfläche hinterläßt, als sei es das Orakel von Delphi.

»Schließlich ist das mein erster Fall. Vorgestern, ich war erst eine halbe Stunde im Büro, klingelte das Telefon. Ich bin furchtbar erschrocken. Tante war doch tot, und niemand wußte, daß ich in der Detektei war. Ich wollte mich bloß ein bißchen umsehen. Aber dann habe ich den Hörer abgenommen, weil ich plötzlich dachte, es könnte mein Freund sein. Völlig idiotisch. Wir haben uns vor drei Monaten getrennt, das heißt, er hat sich von mir getrennt, und er war ja wohl der letzte, der wissen konnte, daß ich in diesem Büro saß. Auf jeden Fall habe ich einmal tief geschluckt und gesagt: ›Reichert & Reichert. Guten Tag.‹ Der Mann am anderen Ende der Leitung ließ mir kaum Zeit, meinen Begrüßungssatz zu Ende zu sprechen.

›Frau Reichert? Börgel. Guten Tag! Wir haben vor einem Vierteljahr miteinander telefoniert. Damals rieten Sie mir, in Ruhe abzuwarten. Aber jetzt hat sich etwas ereignet... Ich muß Sie unbedingt sprechen. Paßt es Ihnen morgen um vier?‹

›Morgen um vier?‹ Ich habe in Papieren herumgeblättert, die auf dem Schreibtisch lagen, und stumm bis drei gezählt. ›Ja, das läßt sich einrichten.‹

›Gut, danke. Bis morgen.‹

Aufgelegt, und ich sitze da, starre den Hörer an und begreife erst ganz langsam, was ich da gemacht habe. Und, was soll ich dir sagen, Anna, irgendwie fand ich mich gut. Langsam fing die Sache an, mir Spaß zu machen. Ich war unglaublich neugierig, was da draus werden würde.«

Sabine hat plötzlich einen leicht rötlichen Schimmer auf ihren Wangen. Soweit ich mich erinnere, habe ich den noch nie bei ihr gesehen. Und ihre Augen glänzen. Ich stelle zum ersten Mal fest, daß sie eine ganz besondere Farbe haben, grünlich, braun-gelb, wie die meiner Tochter Lisa.

»Aber dieser Börgel wollte doch offensichtlich deine Tante sprechen. Was hat er denn gesagt, als du ihm mitgeteilt hast, daß sie tot ist?«

Sie nimmt den Löffel und rührt in ihrer Kaffeetasse herum, dann sieht sie mich an, und in einem Tonfall, als wolle sie sich dafür bei mir entschuldigen, sagt sie ganz leise:

»Ich hab's ihm nicht gesagt.«

Ich bin sprachlos.

»Nun ja, ich habe schon darüber nachgedacht, daß ich das richtigstellen muß. Später. Er wird es ja merken, wenn er kommt. Am nächsten Morgen habe ich erst einmal Tantes Sekretärin angerufen. Tante hat mir eine Gebrauchsanweisung hinterlassen, und Punkt eins lautet: ›Frau Seibold anrufen.‹ Ich habe sie ins Büro bestellt, und wir haben lange miteinander geredet. Ich habe ihr gesagt, daß ich versuchen werde, die Arbeit meiner Tante weiterzuführen, und mich freuen würde, wenn sie bei mir bliebe und mir dabei helfen würde. Und sie hat gesagt, sie werde mir gerne helfen und daß Tante davon überzeugt gewesen sei, daß ich das schon schaffe.

Und als es um vier Uhr draußen klingelte, hat sie kurz darauf die Tür zu meinem Büro aufgemacht und gesagt: ›Der Herr Minister, Frau Reichert‹, und mir hinter seinem Rücken zugezwinkert. Wie du sicher verstehen kannst, war ich sehr irritiert. Warum besucht ein so hohes Tier unsere Detektei? Aber er war offensichtlich auch sehr überrascht, als er mich da sitzen sah. Er fing an zu stottern. ›Eh, ...entschuldigen Sie, ich dachte...‹ Er stand da und schaute zur Tür, als wollte er gleich wieder gehen. Da bin ich aufgestanden, habe ihm meine Hand hingestreckt und seine nicht wieder losgelassen, bis er sich auf dem Besucherstuhl niedergelassen hatte. Und als ich dann wieder auf Tantes Sessel saß und den großen Schreibtisch vor mir hatte, da war plötzlich alles ganz leicht. Ich hatte das Gefühl, Tante stehe hinter mir und klopfe mir auf die Schulter.

›Was kann ich für Sie tun, Herr Minister?‹

Herr Minister Börgel blieb erst mal stumm, dann räusperte er sich und sagte:

›Frau Reichert, bitte verzeihen Sie, ich bin etwas verwirrt. Ich habe Sie mir nicht so jung vorgestellt. Ihre Stimme klang bei unserem letzten ausführlichen Telefongespräch – reifer. Und daß Sie in Ihrem Alter schon auf solch eine erfolgreiche berufliche Laufbahn zurückblicken können. Beachtlich, beachtlich.‹

Ich begriff schlagartig, daß er mich für meine Tante hielt. Offensichtlich hatte er sie nie persönlich kennengelernt. Ich wollte den Irrtum sofort aufklären, aber statt dessen hörte ich mich sagen:

›Ich hoffe, daß Sie trotz meiner Jugend, die so groß ja nun auch nicht mehr ist, meine Kompetenz nicht in Zweifel ziehen.‹

Er sah ganz erschrocken aus, hob abwehrend die Hände.

›Um Himmels willen, nein. Das würde ich mir nie erlauben. Schließlich sind Sie mir von mehreren Stellen auf das wärmste empfohlen worden.‹

›Nun, dann können wir ja zur Sache kommen. Um was handelt es sich?‹

Weiß der Teufel, wieso ich plötzlich in der Lage war, solche Sätze von mir zu geben. Es war, als ob jemand hinter mir stünde und soufflierte. Wort für Wort. Das gab mir Sicherheit.

Der Herr Minister dagegen hatte größere Schwierigkeiten, seine Sätze zu formulieren. Dabei dürfte er doch mehr Erfahrungen in der geschliffenen Rede haben als ich. Ich glaube, es wäre ihm lieber gewesen, er hätte mit einer Frau seines Alters sprechen können. Sicher hat er sich die Chefin einer Detektei als mütterliche, etwas korpulente grauhaarige Dame vorgestellt. Damit lag er ja nicht nur bei mir völlig falsch...«

»Ja, eh... Sie wissen ja bereits, ehem... also bei unserem Telefongespräch vor einem Vierteljahr. Also, ich sagte ja schon damals. Sie erinnern sich?«

Sabine erinnerte sich natürlich nicht. Wie sollte sie auch. Sie schwieg. Das schien ihn noch mehr zu verunsichern. Diese junge Frau machte es ihm wirklich schwer. Sie sah ihn mit ihren merkwürdigen Augen an. Seltsame Farbe, dachte er und sagte nichts.

Gute Taktik, sie zwingt mich, die ganze Geschichte noch einmal zu erzählen. Wahrscheinlich berechnet sie ihr Honorar nach Gesprächsminuten.

»Also, wie ich Ihnen damals schon sagte, zwischen meinem Sohn und mir steht es nicht zum besten. Seit seinem vierzehnten Lebensjahr geraten wir regelmäßig aneinander, mal mehr, mal weniger heftig. Als er damals verschwand und ich Sie bat, ihn zu suchen, hatten Sie mit Ihrer Annahme absolut recht, daß er irgendwann wieder auftauchen würde. Gut, daß ich Ihren Rat befolgt und erst mal abgewartet habe. Vor ein paar Tagen hatten wir jedoch wieder einen heftigen Disput. Wissen Sie, mein Sohn hat nicht die beste Meinung von mir persönlich und meinem Verhalten als Politiker. Er ist noch in einem Alter, in dem man die Welt retten will. Sein missionarischer Eifer ist ziemlich ›ätzend‹, um ein Wort von ihm zu zitieren.«

Aus einem unerfindlichen Grund freute es Herrn Minister Anton Börgel, daß jetzt ein kleines Lächeln auf dem blassen aufmerksamen Gesicht ihm gegenüber erschien. Und hatte er eben noch Hemmungen gehabt, ihr das ganze Problem anzuvertrauen, wohl weil er sich, was seinen Sohn anging, als Versager fühlte und vor ihr nicht gerne in dieser Position dastehen wollte, so ließ ihr konzentriertes klares Gesicht jetzt in ihm den Wunsch entstehen, ihr alles zu erzählen. Am liebsten auch noch die Probleme mit seiner Frau. Vorsicht! Vorsicht! rief er sich selbst zur Ordnung. Er konnte ja nicht ahnen, daß Sabine ihm nur deshalb mit höchster Konzentration zuhörte, weil sie nichts begriff und sehnlichst darauf wartete, daß das eine oder andere Wort ihr verraten würde, was seinerzeit bei dem Telefongespräch abgehandelt worden war und was er jetzt von ihr wollte.

»Ja, wo waren wir stehengeblieben?«

»Ihr Sohn findet Sie ätzend.«

»Was? Ach ja. Richtig. Ich will Ihnen die unerfreulichen Einzelheiten unseres Streits ersparen. Es endete wie in einem Schundroman. Mein Sohn rannte aus dem Haus, meine Frau weinte und schloß sich in ihr Zimmer ein, und ich habe meinen Ärger im Alkohol ertränkt.«

»Wann war das?«

Sabine hatte das Gefühl, sie müsse endlich einmal eine kluge Frage stellen und sich ein paar Notizen machen. Also schrieb sie eifrig mit, als er sagte:

»Vor ein paar Tagen, um genau zu sein, vor fünf Tagen.«

»Und seitdem haben Sie von Ihrem Sohn nichts mehr gehört?«

»Kein Wort. Meine Frau hat mehrmals im Studentenheim in München angerufen. Er hat dort ein Zimmer, weil er – zumindest auf dem Papier – dort studiert. Sie hat ihn aber nicht erreicht. Bis heute nicht. Wir machen uns Sorgen.«

»Nun«, Sabine überlegte, wie lange sie ihr Täuschungsmanöver noch aufrechterhalten könne, sah jetzt aber auch keine Möglichkeit mehr, die Karten auf den Tisch zu legen. Das hätte sie gleich tun müssen. »Ich kann Ihnen nur wieder denselben Rat geben« – geschickt hatte sie das formuliert, keine direkte Lüge –, »in aller Ruhe abzuwarten.«

»Das hatte ich ja auch vor, aber...« Abrupt stand er auf und lief im Zimmer hin und her. »Gestern stellte ich fest, daß aus meinem Schrank eine Mappe mit...«, er zögerte kurz, »...wichtigen Unterlagen verschwunden ist. Ich fürchte, mein Sohn hat sie mitgenommen.«

»Warum sollte er das tun?«

»Vielleicht glaubt er, mir damit etwas beweisen zu können. Der Inhalt dieser Papiere ist nicht für die Öffentlichkeit bestimmt.«

»Warum wenden Sie sich nicht an die Polizei?«

Der Herr Minister schenkte ihr ein Lächeln, mit dem man dumme Fragen von Kindern zu beantworten pflegt.

»Dann könnte ich es gleich an die große Glocke hängen und eine Pressekonferenz einberufen. Nein, nein. Das muß alles unter uns bleiben. Wissen Sie, mein politisches Vorgehen ist nicht unumstritten. Daß diese Papiere verschwunden sind, die meiner Obhut anvertraut waren, wäre Wasser auf die Mühlen meiner politischen Gegner. Ich muß sie so schnell wie möglich wiederhaben.«

Wie brisant das Material war, mußte er ihr ja nicht auf die Nase binden. Das, so hoffte er, würde sie nie entdecken.

»Wenn ich Sie also richtig verstehe, Herr Minister, möchten Sie, daß ich Ihren Sohn finde?«

»Ja, und diese Papiere. Und das eher gestern als morgen. Nehmen Sie den Auftrag an?«

Sabine hatte plötzlich eine ganz trockene Kehle. Doch da war ihr, als stupse sie jemand aufmunternd in den Rücken.

»Ja. Zu den Ihnen bekannten Bedingungen.«

Himmel hilf, daß damals über Geld gesprochen wurde. Was sollte sie sagen, wenn das nicht der Fall war? Aber Herr Börgel griff schon in seine innere Jackettasche und zog sein Scheckheft heraus.

»Fünfhundert Tagessatz und Übernahme aller Unkosten plus Spesen gegen Rechnung. Reicht eine Anzahlung von dreitausend Mark?«

»Glaub mir, Anna, ich bin fast ohnmächtig geworden. Soviel Geld für eine Arbeit, von der ich keine Ahnung hatte. Ich habe den Scheck angestarrt, den er mir ausgestellt hat, und nicht gewagt, ihn anzufassen. Das hat dann später Frau Seibold getan. Sie hat ihn auf ein silbernes Tablett gelegt und ganz feierlich gesagt: ›Ihr erster Fall.‹

Und jetzt bin ich hier, um diesen mißratenen Sprößling zu suchen. Obwohl ich immer noch nicht weiß, warum sich dieser Herr Minister Börgel nicht an die Polizei gewandt hat. Als Mann des politischen Lebens hat er doch sicher eine Menge Möglichkeiten. Aber vielleicht hat er nicht so ein wichtiges Amt.«

Das nenne ich eine Detektivin, hat nicht die geringste Ahnung, für wen sie arbeitet. Dieser Börgel ist Staatsminister im Amt für Internationale Sicherheit.

Sie sagt »Ach ja«, als ich sie davon in Kenntnis setze. Es scheint sie nicht sonderlich zu beeindrucken.

Wenn diese Geschichte für sie mal nicht eine Nummer zu groß ist. Mir wäre an ihrer Stelle ziemlich mulmig, aber sie scheint das gar nicht zu beunruhigen. Sie ist eher stolz, daß so ein Mensch, der mit Sicherheitsfragen auf internationaler Ebene zu tun hat, ausgerechnet in sie dieses Vertrauen setzt und annimmt, daß sie seinen Sohn eher finden kann als der gesamte Apparat. Offensichtlich hat sie schon vergessen, daß er dieses Vertrauen ja eigentlich ihrer Tante entgegenbringt, die seit mehreren Jahren als sehr erfolgreich in ihrem Beruf bekannt war.

»Und jetzt fahre ich zu diesem Studentenheim, wo dieser Robert Börgel ein Zimmer hat. Kommst du mit, Anna?«

Es würde mich schon reizen zu sehen, wie Sabine ihre Recherchen durchführt. Ich habe so gar keine Vorstellung davon. Aber leider sieht mein Terminplan ein ganz anderes Programm vor. Elternabend, und da muß ich unbedingt hin. Es gilt zu verhindern, daß meine Söhne sitzenbleiben.

»Entschuldige, ich habe dich noch gar nicht nach deinem Privatleben gefragt.« Sabine sieht sehr schuldbewußt aus. »Hast du Kinder?«

»Ja. Vier. Zwei Töchter und zwei Söhne. Jan und Philip sind Zwillinge.«

»Ach, wie nett.« Sehr begeistert klingt das nicht. »Und dein Mann? Was macht der?«

»Das kann ich dir leider nicht sagen. Da mußt du seine Frau fragen.«

Sie guckt etwas verständnislos, ich kläre sie auf.

»Wir sind seit sieben Jahren geschieden.«

»Ach, du Arme, da bist du jetzt mit den Kindern ganz allein?«

»Nein, es gibt noch Fritz. Wir leben zusammen. Er ist genau wie ich Journalist.«

»Und geht das gut mit euch?«

»Ja. Doch.«

Aber kaum habe ich angefangen, mein interessantes Familienleben vor ihr auszubreiten, unterbricht sie mich.

»Entschuldige, das kannst du mir ja alles morgen erzählen. Ich hoffe, wir sehen uns noch. Jetzt muß ich erst mal los.«

»Und wo schläfst du heute nacht? Willst du bei uns übernachten?«

»Vielen Dank. Aber ich habe mir ein Hotelzimmer genommen. Das erste Mal in meinem Leben. Spesen werden ja bezahlt. Ich komme mir wie eine Fürstin vor. Ich rufe dich morgen in der Redaktion an und erzähle dir alles. Tschüs.« Und weg ist sie.

Als ich nach dem Elternabend nach Hause fahre, zu Mann, Kindern und Hund – die Katze nicht zu vergessen –, überlege ich mir, ob ich vor einem halben Jahr Sabine mit einem Fall beauftragt hätte, der mir damals schwer zu schaffen gemacht hatte. Meine Tante war unter für mich nicht ganz geklärten Umständen gestorben. Ich hing sehr an ihr, obwohl sie nicht meine, sondern die Tante von Fritz, meinem Lebenspartner, war. – Doch mein Vertrauen in Sabines detektivische Fähigkeiten ist nicht allzugroß. Sie wirkt so unglaublich naiv, immer noch. Aber vielleicht ist das in diesem Beruf eher von Vorteil? Vielleicht erzählt man ihr mehr als jemand anderem, weil man sie, so wie sie aussieht, eher für etwas – wie soll ich sagen – einfältig hält.

Doch am nächsten Tag kommt kein Anruf, auch am übernächsten Tag nicht. Daß Sabine sich nicht mehr meldet, ärgert mich. Schließlich hatten wir so etwas wie eine feste Verabredung. Außerdem bleibt jetzt meine Neugier völlig unbefriedigt, und das stört mich ganz besonders. Ich mache mir so meine Gedanken und komme zu dem Schluß, daß ihre Bemühungen so katastrophal gescheitert sind, daß sie sich die Blamage ersparen will, mir das zu beichten. Wahrscheinlich hat sie schon längst alles hingeschmissen, ist nach Hause gefahren und liegt im Bett und leckt ihre Wunden. Ich rufe sie einfach heute abend an. Sicher braucht sie Trost und Hilfe.

Doch das vergesse ich dann, weil ich mit ganz anderen Problemen beschäftigt bin. Nicht nur, daß meine Söhne nun doch die siebte Klasse wiederholen müssen – der Klassenlehrer ist gegen meine Bestechungsversuche immun –, Lisa zum ersten Mal verliebt ist, was unseren Haushalt in ein Chaos verwandelt, Katja, meine Älteste, plötzlich der felsenfesten Überzeugung ist, ihre Eltern müßten ihr spätestens ab ihrem achtzehnten Geburtstag ein eigenes Apartment finanzieren – sondern ich muß mir auch noch überlegen, ob ich Fritz einen Heiratsantrag mache, weil ich mich für die Auslandskorrespondentenstelle in Washington beworben habe. Und in dieser Position achtet man auf Ehrbarkeit. Ein Paar, das in wilder Ehe lebt, wird dort drüben nicht gerne gesehen. Denn Fritz muß mit mir mit. Er weiß es nur noch nicht.

Er weiß noch überhaupt nichts, auch nicht, daß ich schon zwei Wochen auf meine Tage warte und nächtens von dem Gedanken umgetrieben werde, möchte ich noch ein Kind oder nicht? Und wie ließe sich das mit meinem Beruf vereinbaren? Washington müßte ich dann wohl abschreiben. Und was würden meine Kinder dazu sagen, und vor allem Fritz, der doch eigentlich gar keine Kinder mag? Da kann eine Sabine Reichert schon mal in Vergessenheit geraten.

Wenn ich allerdings an diesem Tag schon gewußt hätte, was ich erst sehr viel später erfahren sollte, hätte ich sicher versucht, mit ihr Verbindung aufzunehmen. Vielleicht wäre dann alles etwas anders abgelaufen. Als Sabine bei unserem Treffen am Mittag die Adresse dieses Studentenheimes nannte, erinnerte ich mich zwar, vor ungefähr einer Woche eine Meldung über eine Eifersuchtstragödie, die sich dort ereignet hatte, gelesen zu haben. Aber ich brachte das nicht mit der frischgebackenen Detektivin in Verbindung. Wie sollte ich auch? Sabine hatte ja selber nicht die geringste Ahnung von den Zusammenhängen. Ein dreiundzwanzigjähriges Mädchen war erschossen worden, und der Täter, ihr Freund, ein russischer Kommilitone, der in München Maschinenbau studierte, hatte sich anschließend selbst umgebracht. Daß hinter dieser Tat ganz andere Beweggründe stecken könnten, vermutete noch niemand. Der junge Russe sei sehr eifersüchtig gewesen, vor allem auf seinen Freund, einen jungen Deutschen. Er habe seine Freundin schon des öfteren verdächtigt, mit diesem ein Verhältnis zu haben. Am Tag vor der Tat sei es wieder zu einer heftigen Auseinandersetzung zwischen den beiden gekommen. Das habe er mit eigenen Ohren gehört, erzählte ein Mitbewohner, ein Kolumbianer, der Polizei. Schüsse habe er allerdings nicht gehört, da er in der fraglichen Nacht nicht im Haus gewesen sei.

Das, was dieser Kolumbianer Sabine Reichert erzählt, als sie an jenem Nachmittag ins Studentenheim kommt, klingt nicht wesentlich anders. Der Student, der an der Pforte Dienst hat, als sie ganz offiziell nach dem von ihr Gesuchten fragt, sagt ihr das, was sie ja eigentlich schon erwartet hat. Robert Börgel ist nicht da, und niemand weiß, wo er sich gerade aufhält. Warum sie daraufhin in Tränen ausbricht, weiß sie eigentlich selber nicht so genau. Sie bedauert nur in einer jähen Anwandlung, sich überhaupt auf diese ganze Aktion eingelassen zu haben. Sie hat nicht die geringste Ahnung, wie sie ihren Auftrag erfüllen soll, und dabei ist die Hälfte der Vorauszahlung schon ausgegeben. Sie mußte sich doch für diese Reise ein neues Kostüm kaufen und sonst noch ein paar Kleidungsstücke, die sie in ihrer neuen Position für angemessen hält. Was soll sie jetzt bloß machen?

Die hilflose Gestalt rührt an das Gemüt des »Pförtners«. Sein erster Gedanke: Vielleicht ist sie schwanger, und der Kerl ist abgehauen.

»Nun beruhige dich erst mal. Tut mir leid, daß ich dir nicht weiterhelfen kann. Ich kenn den Robert kaum. Aber vielleicht weiß Sebastian mehr. Er wohnt mit ihm auf dem gleichen Flur. Mal sehen, ob der da ist.«

Der hilfreiche Mensch greift zum Telefon und versichert ihr, nachdem er den Hörer wieder aufgelegt hat, daß dieser Kommilitone gleich runterkomme und bereit sei, mit ihr zu sprechen.

»Weißt du, bei uns geht seit einigen Tagen alles drunter und drüber. Hast du schon gehört, was hier passiert ist?«

Und mit sichtlichem Genuß, diese Geschichte erzählen zu dürfen, berichtet er von dem schrecklichen Geschehen, das sich vor einer Woche in diesem Hause ereignet hat.

»Ein prima Paar, die beiden. Sehr verliebt. Ich hätte nie gedacht, daß das so enden würde. Ich glaube nicht, daß sie ihn betrogen hat. So eine war die nicht. Und Robert war ja mit dem Russen sehr gut befreundet. Die steckten immer zusammen. Der sieht mir auch nicht danach aus, als würde er seinem besten Freund die Freundin ausspannen. Na, der wird einen Schock bekommen, wenn er wieder auftaucht. Der hat ja keine Ahnung.«

»Guten Abend. Sie wollen mich sprechen?«

Eine tiefe melodische Stimme unterbricht den Monolog des Pförtners.

»Ich bin Sebastian Comás.«

Sabine dreht sich um und errötet, als sie einem schlanken, gut aussehenden Mann mit schwarzen Haaren ihre Hand hinstreckt und sich vorstellt.

»Sabine Reichert. Danke, daß Sie sich für mich Zeit nehmen wollen.«

»Es ist mir ein Vergnügen. Wollen wir in die Cafeteria gehen? Oder möchten Sie zuerst mit der Polizei sprechen? Die sind oben, wollten noch einmal mit Robert reden. Aber der ist ja unauffindbar.«

Wieso hat ihr der Herr Minister nichts über dieses schreckliche Ereignis erzählt? Die Polizei muß ihn informiert haben. Oder vielleicht doch nicht? Dieser Sebastian Comás wartet immer noch auf ihre Antwort.

»Nein, nein. Mit der Polizei möchte ich nicht sprechen. Ich habe ja mit der Sache überhaupt nichts zu tun. Mich interessiert nur, ob Sie mir etwas über Robert sagen können.«

Seine Augen, die bislang dem schmachtenden Schafsblick von Hugh Grant sehr nahekamen, werden plötzlich ganz undurchsichtig.

»Hoffentlich enttäusche ich Sie nicht. So gut kenne ich ihn nun auch wieder nicht.«

Während er sie zum Fahrstuhl führt, überlegt Sabine krampfhaft, wieweit sie sich ihm anvertrauen soll. In den Kriminalgeschichten, die jahrelang ihre Lieblingslektüre gewesen sind, hatten sich Detektive immer sehr vorsichtig verhalten und nie etwas verraten. Vor allem nicht, wer ihr Auftraggeber war. Lieber ließen sie sich zusammenschlagen oder ins Gefängnis stecken, aber über ihre Lippen kam kein verräterisches Wort. So schlimm wird es ja wohl in der Wirklichkeit nicht werden. Und außerdem, dieser junge Mann ist doch sehr nett und schaut sie so freundlich an, als sie sich am Tisch gegenübersitzen. Warum soll sie ihm also nicht alles erzählen? Trotzdem hört sie sich zu ihrer eigenen Verblüffung sagen: »Das geht nur Robert und mich etwas an«, als er sie fragt, warum sie ihn suche.

Er entschuldigt sich mehrmals. »Verzeihung. Bitte, entschuldigen Sie. Ich wollte nicht indiskret sein. Ich wußte ja nicht... Er hat Ihren Namen nie erwähnt.«

»So.«

Offensichtlich gelingt es ihr, in diese beiden Buchstaben die richtige Mischung von Trauer, Enttäuschung und Verletztheit zu legen, denn dieser Sebastian, der ihr ausnehmend gut gefällt, tätschelt ihr tröstend die Hand, die nervös mit dem Teelöffel spielt.

»Wenn ich Sie ansehe, begreife ich, warum. Er versteckt Sie vor dem gierigen Zugriff seiner Kommilitonen, weil er Sie ganz für sich behalten will. Das kann ich gut verstehen.«

Eigentlich ist diese Schmeichelei ein bißchen zu plump, um glaubhaft zu wirken. Sie weiß doch, wie sie aussieht. Und daß sie keine zwanzig mehr ist, kann man bei näherem Hinsehen auch erkennen, selbst wenn sie immer für wesentlich jünger gehalten wird, als sie in Wirklichkeit ist. Trotzdem tun ihr diese Worte gut. Wie lange hat ihr niemand mehr so etwas Nettes gesagt. Für einen Augenblick sieht sie sich als Rassekatze vor ihm sitzen, wie sie mit einem gekonnten Augenaufschlag ihre schmalgliedrigen Finger mit den spitz zulaufenden rotlackierten Fingernägeln unter seiner Hand wegzieht. Die Bewegung, mit der sie es dann tut, ist abrupt und weniger elegant. Denn plötzlich sieht sie ihre angeknabberten Nägel mit dem Schmutzrand in aller Deutlichkeit vor sich. Das war schon immer so. Irgendwie schafft sie es nie, saubere Fingernägel zu haben, so sehr sie sich auch darum bemüht. Das läßt sie schon wieder erröten. Aus dieser Verlegenheit heraus fragt sie schroffer, als sie es beabsichtigt:

»Was haben Sie überhaupt mit Robert zu tun?«

Seine Hand bleibt demonstrativ an derselben Stelle auf dem Tisch liegen.

»Ich? Zu tun habe ich mit ihm wenig oder gar nichts. Eine Bekanntschaft, wie sie sich ergibt, wenn man auf dem gleichen Flur wohnt. Ab und zu haben er und Sergej mich zu einem Skatabend überredet.«

»Wer ist Sergej?«

»Sergej ist, nein – war der junge Russe, sein Freund. Der, der seine Freundin erschossen und sich dann umgebracht hat. Eine schreckliche Geschichte. Ich bin völlig erschüttert.«

So erschüttert sieht er aber gar nicht aus, denkt Sabine. Nun ja, ist ja auch egal. Was kümmert's mich? Und irgendwelche Anhaltspunkte, wo Robert sich aufhalten könnte, kann er ihr auch nicht geben.

»Ich bin ihm auf dem Flur begegnet, an dem Abend, bevor das hier passierte. Er fragte mich noch, ob ich Lust hätte, mit zu Sergej zu gehen. Es gäb was zu trinken. Doch ich hatte schon eine Verabredung. Ich habe noch gesehen, wie er an Sergejs Tür geklopft hat. Und als ich am nächsten Tag zurückkam, stand das ganze Haus Kopf. Die Polizei hat mich schon am Eingang abgefangen. Dann habe ich Robert gesucht. Aber er war schon weg.«

Sebastians Deutschkenntnisse sind erstaunlich. Wenn dieses rollende R nicht wäre und dieser Zischlaut beim S, man würde nie merken, daß er aus Kolumbien kommt. Sabine wünscht, sie würde auch nur annähernd so gut Spanisch sprechen, wie er ihre Sprache spricht. Oder spricht man in seinem Heimatland Portugiesisch? Sie kann sich das nie merken.

»Glauben Sie, ich kann mir sein Zimmer anschauen? Ich wüßte gerne, wie er hier lebt.«

Es macht ihr langsam Spaß, die verlassene Braut zu spielen. Diese Rolle fällt ihr leicht. Vielleicht ist ihre diesbezügliche Erfahrung endlich einmal zu etwas nutze.

»Tja.« Warum sieht er sie jetzt wieder so kalt und abschätzend an? »Ich glaube kaum, daß man Ihnen unten den Schlüssel geben wird. Aber...« er nimmt seine Hand, die immer noch demonstrativ auf dem Tisch gelegen hat, endlich wieder zu sich. »Sie haben Glück. Ich habe einen.«

»Sie? Wieso Sie?«

»Als Robert das letzte Mal zu Hause war, habe ich seine Blumen gegossen. Und ich bin nicht dazu gekommen, ihm den Schlüssel wieder zurückzugeben.«

Eine ganz logische Erklärung. Deshalb wundert es Sabine ein bißchen, daß er sich vor Roberts Zimmertür erst nach beiden Seiten umschaut, als wolle er sich vergewissern, daß niemand sie sieht. Und als er aufschließt, nimmt er sie an der Hand, zieht sie rasch ins Zimmer. Ebenso leise und schnell schließt er hinter ihnen die Tür. Mit einer einladenden Geste, als sei er es, der hier wohnt, fordert er sie auf, sich umzusehen.

Sabine steht in dem schmalen Zimmer und weiß nicht, was sie hier soll. Sie schämt sich. Sie hat kein Recht, hier zu sein. Wenn sie allein wäre, könnte sie sich vielleicht dazu durchringen, Schrank und Schreibtisch zu durchsuchen. Auch wenn es ihr schwerfallen würde. Schließlich ist sie gut erzogen, und dazu gehört, zu wissen, daß man sich ohne Erlaubnis keinen Einblick in fremde Angelegenheiten verschafft. Schutz der Privatsphäre nennt man das wohl. Aber in ihrem neuen Beruf kann sie darauf wahrscheinlich nicht immer Rücksicht nehmen. Doch jetzt und hier, mit diesen beobachtenden Augen im Rücken, will sie vor allem ganz schnell aus diesem Zimmer wieder raus. Direkt neben dem Ort zu sein, an dem zwei Menschen eines gewaltsamen Todes gestorben sind, verursacht ihr großes Unbehagen. Als dieser Sebastian vorhin bedeutungsvoll auf die geschlossene Tür zeigte, als sie daran vorbeigingen, wagte sie sich nur noch auf Zehenspitzen weiter. Der Kolumbianer scheint es eher zu genießen. Er wirft sich auf das Bett.

»Wand an Wand mit dem Schauplatz des Verbrechens. Ein prickelndes Gefühl.«

Sie findet es ganz und gar nicht prickelnd, und die Zeit, in der sie in Gedanken ihren treulosen Geliebten genüßlich meuchelte, liegt wie ein anderes Leben hinter ihr. Sogar genüßlich verspeist hatte sie ihn in ihrer Vorstellung und sich dabei wunderbar gefühlt. Jetzt verursacht ihr dieser Gedanke nur ein würgendes Gefühl im Magen. Doch damals war es für sie ganz normal gewesen. Wahrscheinlich war dem jungen Russen nebenan seine Tat auch ganz normal vorgekommen. »Und? Wollen Sie das Zimmer nicht durchsuchen?«

Sie zuckt zusammen. Dieser Sebastian liegt immer noch auf dem Bett und beobachtet sie. Hat er sie durchschaut? Sie versucht es weiter mit ihrer gespielten Harmlosigkeit.

»Wie kommen Sie denn darauf? Das würde ich nie tun. Ich will nur wissen, wie er hier lebt. Damit ich es mir besser vorstellen kann, wenn ich an ihn denke.«

Das klingt doch überzeugend, findet sie. Der Kolumbianer springt auf, öffnet den Schrank. Sabine fährt ihn zornig an.

»Was fällt Ihnen ein!«

Ihre Entrüstung ist nicht gespielt. Sie hat wirklich das Gefühl, ihren, das heißt Robert Börgels Bereich vor diesen merkwürdigen Augen schützen zu müssen.

»Wollten Sie nicht nach Liebesbriefen von anderen Frauen suchen?«

Sein spöttisches Lächeln ärgert sie. Was treibt er für ein Spiel mit ihr? Sie muß vorsichtig sein. Sie bemüht sich um einen möglichst sachlichen Tonfall.

»Die würde er ja wohl kaum zwischen seinen Unterhosen verstecken.«

Obwohl sie genau das früher in ihrem Elternhaus getan hat.

»Ach, nicht? Welches Versteck würden Sie sich denn aussuchen?«

Sebastian schließt die Schranktür. Er bewegt sich in diesem Zimmer, als sei er hier schon öfter gewesen. Obwohl er offensichtlich seiner Pflicht, die Blumen zu gießen, nicht sorgfältig nachgekommen ist. Auf dem Fensterbrett steht nur ein mickriges Röschen, und daneben kümmert ein nicht mehr zu identifizierendes dürres Etwas vor sich hin. Er geht zur Tür.

»Ich gehe. Kommen Sie mit? Ich denke, es ist besser, die Polizei findet uns beide nicht in diesem Zimmer. Es könnte ja sein, sie schaut noch mal rein.«

Auch Sabine möchte mit der Polizei auf gar keinen Fall zusammentreffen. Sie fürchtet, daß sie vor dem Auge des Gesetzes ihre Rolle nicht überzeugend genug durchhalten kann. Sie schaut sich im Zimmer um. Sie weiß auch nicht, was sie sich von der Bitte versprochen hat, dieses Zimmer sehen zu dürfen. Was gibt es hier schon zu entdecken? Ein Schreibtisch vor dem Fenster, links davon ein schmales Bücherregal, bis obenhin vollgestopft. Die Bücher stehen in Zweierreihen. Dazwischen steht und liegt allerlei Krimskrams. Kinkerlitzchen hätte ihre Tante gesagt. Wahrscheinlich mit irgendwelchen Erinnerungen behaftet. Dann gibt es den zweitürigen Kleiderschrank, in dem ein paar Jacken und Hosen hängen und Unterwäsche, T-Shirts und zwei Pullover liegen, wie sie bemerkt hat, als Sebastian die Tür geöffnet hat. Handtücher und Bettwäsche hat sie auch gesehen. Über das Bett ist eine wunderschöne gestickte Decke gebreitet. Irgendwie mexikanisch kommt sie ihr vor. Dann gibt es in der Ecke gleich neben der Tür das Waschbecken. Keine Zahnbürste, kein Rasierapparat, kein After-shave. Überhastet ist Robert Börgel auf jeden Fall nicht weggefahren.

»Also, was ist. Kommen Sie?«

»Ja.«

Sie überlegt, wartet darauf, daß dieses Zimmer ihr irgendeine Idee eingibt, was sie jetzt tun soll.

»Ich lasse ihm eine Nachricht da. Damit er sieht, daß ich hier war.«

Sie geht schnell zum Schreibtisch, nimmt von dem Stapel Papier, der links von der Schreibtischunterlage liegt, ein Blatt und aus der länglichen Blechschachtel vor ihr einen Stift. Dieser Sebastian hat wirklich ein merkwürdiges Benehmen. Er schaut ihr über die Schulter, während sie schreibt.

»Bitte melde Dich gleich, wenn Du wieder da bist. Es ist sehr wichtig. Ich vermisse Dich schrecklich. Kuß. S.«

Der wird sich wundern, wenn er zurückkommt. Es sei denn, es gelingt ihr, ihn in den nächsten Tagen zu finden. Aber wie? Während sie die Notiz geschrieben hat, hat sie versucht, sich möglichst unauffällig auf dem Schreibtisch umzusehen. In einem der Krimis, die sie einmal gelesen hat, kam der entscheidende Hinweis auf die gesuchte Person durch einen Abdruck auf einem Löschblatt. Doch derlei nützliche Gegenstände liegen hier nicht herum. Nur ein Telefonbuch ist aufgeschlagen, eine Nummer mit Bleistift unterstrichen. Sie gehört zu einem Reisebüro. Sabine prägt sich den Namen ein, wendet sich dann betont gleichgültig zu dem Mann um, der wieder zur Tür gegangen ist.

»So, wir können gehen.«

Wieder das vorsichtige Wittern nach links und rechts, nachdem er die Tür einen Spalt geöffnet hat. Offensichtlich ist die Luft rein, denn er winkt ihr, ihm zu folgen.

Im Aufzug stehen sich beide stumm gegenüber. Nichts mehr

von der Atmosphäre eines kleinen Flirts ist zu spüren. Ihr ist nicht wohl unter seinem konzentrierten Blick, mit dem er sie die ganze Zeit betrachtet. Doch als im Erdgeschoß die Tür aufgeht, versucht er es wieder mit seinem Charme.

»Es ist noch so früh am Abend. Hätten Sie nicht Lust, mit mir essen zu gehen?«

Das hat sie nun ganz und gar nicht. Sie will möglichst schnell in ihre Hotelbadewanne, sich ins warme Wasser legen, um gründlich nachdenken zu können. Das kann sie an diesem Ort am besten. Andererseits würde es sie schon reizen, mit einem so gut aussehenden Mann auszugehen. Diese Chance hat ihr das Leben nicht allzuoft geboten. Um ehrlich zu sein, selten oder nie. Ihr Freund war auch kein Ausbund an Schönheit. Aber immerhin war er für sie lange Zeit der Schönste, bis er sich dann als Scheusal entpuppte.

»Danke, sehr nett von Ihnen. Aber ich bin müde. Es war ein langer Tag. Und außerdem weiß ich nicht, ob Robert damit einverstanden wäre.« Ein bißchen Koketterie wird ja wohl erlaubt sein. »Aber wenn Sie Zeit und Lust haben, können wir gerne morgen zusammen frühstücken. Sagen wir um elf. Ich bin eine Langschläferin.«

Das ist nun glatt gelogen, aber sie möchte ihm nicht verraten, daß sie gleich morgen früh um neun zu diesem Reisebüro gehen will. Vielleicht findet sie ja dort etwas heraus.

»Gut. Also morgen früh um elf. Ich freue mich schon darauf. Aber jetzt darf ich Sie doch wenigstens mit meinem Wagen zu Ihrem Hotel bringen.«

Einerseits möchte sie »Nein, danke« sagen, weil ihr der Gedanke, mit ihm auf so engem Raum zusammensein zu müssen, unangenehm ist. Alles ist ihr plötzlich zu nah. Sie bedauert schon, sich für morgen verabredet zu haben. Aber jetzt kann sie ja kaum noch zurück. Auch das ist ein Produkt ihrer Erziehung. Nein zu sagen hat sie nicht gelernt. Das gehörte in die Kategorie Widerworte und paßte nicht zu dem Wohlverhaltenskodex, dem sie als Kind unterworfen war. Andererseits ist es ihr nach wie vor sehr angenehm, sich in der Gesellschaft dieses attraktiven Mannes zu befinden. Also läßt sie sich von ihm zu seinem Auto führen und steigt mit einem dankenden Lächeln ein, als er ihr höflich die Tür aufhält.

In einem solchen Wagen hat sie noch nie gesessen. Die Sitze sind so weich und bequem, kein Sessel könnte gemütlicher sein. Der Motor schnurrt ganz leise. Sie spürt kaum, daß das Auto sich bewegt. Sie lehnt sich zurück, nickt nur, als er sie fragt, ob er Musik machen soll, und ist dankbar, daß er schweigt und sie nicht zwingt, sich mit ihm zu unterhalten. Sie genießt diese Fahrt durch die nächtliche Stadt. Er ist ein guter Autofahrer. Geschickt lenkt er das Auto durch die Straßen. Sie starrt auf das eindrucksvolle Armaturenbrett. Dieses fast geräuschlose Gleiten übt auf sie eine beruhigende Wirkung aus.

»Ein schönes Auto. Das ist sicher sehr teuer.«

Er lacht.

»Geschenkt bekommt man das nicht.«

Sicher hat er einen reichen Vater, denkt Sabine und sieht große Kaffeeplantagen vor sich und in der Ferne das weiße Herrenhaus durch sattes Grün schimmern. Wie man da wohl als Herrin leben würde.

»Woran denken Sie?«

Die Frage reißt sie jäh aus ihren Träumen. Das wird sie ihm nun ganz bestimmt nicht verraten. In ihrem Alter Phantasien zu entwickeln, die einem Schundroman gleichkommen, ist doch zu blamabel. Dabei hat sie das Gefühl, er weiß es. Er wirft ihr so einen wissenden Blick zu, als sie sagt: »An nichts.«

Jetzt lächelt er auch noch. »Sie haben mir noch gar nicht gesagt, wo ich Sie hinfahren darf.«

»Ich möchte gern ins...« Halt! Stop, Sabine! Sei vorsichtig. Er muß ja nicht alles wissen. Schließlich gehört es ja zu den Grundregeln ihres Berufs, falsche Fährten zu legen. »Ins – na, wie heißt es doch gleich? ›Weinhard‹. Kennen Sie es?«

Gut, daß ihr dieser Name noch eingefallen ist. Sie hatte sich bei ihrer Ankunft auf dem Stadtplan im Schaukasten in der Bahnhofshalle darüber informiert, ob es sich lohnte, zu ihrem Hotel ein Taxi zu nehmen, oder ob sie das Geld sparen könnte. Alte Gewohnheiten legt man eben nicht so schnell ab. Und dieser Stadtplan war von Werbung, unter anderem für Hotels, eingerahmt. »Weinhard« ist ihr im Gedächtnis haftengeblieben, weil es mit dem Namen ihres Freundes nahezu identisch ist.

»Ja, ich kenne es.«

Das klingt schroff, oder bildet sie sich das nur ein? Plötzlich stört sie die Stille.

»Sind Sie schon lange in München?«

»Seit einem halben Jahr.«

»Und was studieren Sie?«

»Maschinenbau. Und was machen Sie, wenn Sie nicht gerade auf der Suche nach Ihrem Liebsten sind?«

»Ich bin technische Zeichnerin.«

»Prima, da können wir uns ja zusammentun, wenn ich mein Examen gemacht habe. Ich werde Sie engagieren. Kommen Sie mit nach Kolumbien?«

»Wenn Sie mich mitnehmen. Warum nicht?«

»Ich nehme Sie beim Wort.«

Sie merkt, daß er sie ansieht. Sie reagiert nicht. Ihr fällt keine passende Bemerkung ein. Müheloses Geplänkel, verbaler Flirt waren noch nie ihre Stärke. Auch bei Reinhard, ihrem ehemaligen Freund, hatte sie das nie gekonnt. Sie hatte ihm meistens stumm gelauscht und war sich zu bedeutungslos vorgekommen, um zu seinen belehrenden Monologen etwas zu sagen.

Sie ist sehr erleichtert, daß sie in diesem Moment das erleuchtete Hotelschild entdeckt.

»Da vorne ist es.«

»Ich weiß.«

Warum hat sie nur das dumme Gefühl, daß dieser Sebastian Comás genau über ihre Gefühle Bescheid weiß? Sie hofft inständig, daß er ihre Verlegenheit, ihre Unsicherheit ihrer Rolle als verlassene Braut zuschreibt. Er hält den Wagen vor dem Eingang des Hotels an. Die Hände auf dem Steuerrad, starrt er geradeaus. Den Motor hat er noch nicht abgeschaltet.

»Danke, daß Sie mich nach Hause gefahren haben. Auf Wiedersehen.«

Sabine streckt ihm ihre Hand entgegen, er achtet nicht darauf, sein Blick ist immer noch konzentriert auf ein Ziel vor ihnen gerichtet. Was gibt es denn da so Interessantes zu sehen? Ein junger Mann ist aus einem Auto gestiegen und zündet sich eine Zigarette an. Dann öffnet er die Tür zu einem Lokal und geht hinein. Ein leichtes Kopfschütteln neben Sabine, und der Kolumbianer wendet sich ihr mit einem Lächeln zu: »Und ich kann Sie nicht überreden, mit mir noch ein Glas Wein zu trinken?«

Diesmal legt er seine Hand auf ihren linken Oberarm, streichelt mit dem Daumen die Innenseite. Jetzt muß sie ganz schnell hier raus. Wer weiß, zu was sie sich sonst hinreißen läßt. Diese eigenartige Liebkosung ruft Erinnerungen in ihr wach, die jetzt und hier nun wirklich nichts zu suchen haben. Schließlich ist sie aus dienstlichen Gründen hier.

Sie sucht nach der Klinke der Autotür.

»Nein. Es geht wirklich nicht. Ich muß ins Bett.«

»Schade.«

Er läßt ihren Arm los, dreht den Zündschlüssel um und steigt aus. Sie beobachtet, wie er um das Auto herumgeht, wartet, bis er ihr die Beifahrertür öffnet und ihr zum Aussteigen die Hand reicht. Mit einem Handkuß und mit einer Neuauflage seines Schafsblicks verabschiedet er sich von ihr, hält ihr noch die Tür zum Hotel auf und murmelt ein kehliges »Auf morgen« in ihr Ohr, als sie an ihm vorbeigeht.

In der Halle dreht sie sich noch einmal um, sieht, wie er einsteigt. Sie hebt die Hand zum Abschiedsgruß wie Greta Garbo in »Königin Christine«. Er lächelt, läßt den Motor an und fährt weg. Gott sei Dank. Was hätte sie machen sollen, wenn er mit hereingekommen wäre?

Sie steht immer noch auf dem gleichen Fleck, den Blick auf die Stelle gerichtet, an der eben noch das Auto gestanden hat. Dann dreht sie sich um, macht ein paar Schritte auf den Empfang zu. Hinter dem Tresen steht ein distinguierter Herr im schwarzen Anzug mit sauber gescheiteltem grauen Haar über einem rosigen Gesicht.

»Sie wünschen?«

Auf diese Frage kann sie nur wahrheitsgemäß antworten:

»Eigentlich nichts. Ich will nur noch einen Moment hier warten, wenn Sie erlauben, um sicher zu sein, daß mein Begleiter wirklich weggefahren ist.«

Und mit der unschuldigsten Miene, die aufzusetzen ihr nicht schwerfällt, weil sie im Grunde genommen ihr Standardausdruck ist, sagt sie:

»Ich bin Detektivin und ermittle in einem sehr komplizierten Fall. Ich sage Ihnen das unter dem Siegel der Verschwiegenheit. Ich lege sozusagen eine falsche Fährte. Ein Herr wird mich morgen um elf Uhr hier in diesem Hotel abholen wollen. Es wäre sehr liebenswürdig von Ihnen, wenn Sie ihm sagen würden, ich sei schon abgereist.«

Sie sucht in ihrer Handtasche nach ihrem Ausweis und überlegt verzweifelt, ob sie ihrer Bitte mit einem Geldschein Nachdruck verleihen soll und wenn ja, in welcher Höhe. Schließlich kramt sie einen Fünfzigmarkschein heraus, faltet ihn zusammen und schiebt ihn mit ihrer Legitimation über den Empfangstresen. Der Grauhaarige lächelt zwar wie jemand, der einer Irren beruhigend versichern will, daß kein Grund zur Aufregung besteht, während er heimlich durch Knopfdruck die Polizei herbeiruft, aber er studiert doch sehr aufmerksam das Gedruckte, während die fünfzig Mark blitzschnell in seiner Hosentasche verschwinden. Ob er ihr nun glaubt oder, wie seine Mimik vermuten läßt, das Ganze eher für eine kindliche Maskerade hält, auf jeden Fall verspricht er ihr, mitzuspielen, läßt sie wunschgemäß in einer Ecke der Halle ungestört sitzen und ruft ihr auch ein Taxi, als sie ihn darum bittet. Sie hofft, eine Stunde Warten sei der Vorsicht genug.

Als sie endlich wohlig ausgestreckt im warmen Wasser ihrer Hotelbadewanne liegt, sich genüßlich ein Glas von dem Sekt einschenkt, den sie in der Mini-Bar entdeckt hat, versucht sie, Bilanz zu ziehen. Was hat sie bisher erreicht? Wenig oder gar nichts. Von Robert Börgel keine Spur, nicht den geringsten Anhaltspunkt. Sieht man einmal von der vagen Hoffnung ab, daß sich über dieses Reisebüro etwas herausfinden läßt. Nur wie sie an eine Auskunft kommen soll, so es denn eine geben wird, weiß sie nicht. Wie die betreffende Person überzeugen, daß sie das, was sie weiß, wenn sie was weiß, ausgerechnet einer Sabine Reichert erzählen soll? Sie könnte natürlich wieder ihre Legitimation vorzeigen, aber sie scheut sich davor, noch einmal auf ein derartiges Grinsen zu stoßen wie bei diesem Empfangschef im »Weinhard«, wenn sie sich als Detektivin zu erkennen gibt.

Das Problem löst sich dann schlicht sozusagen von selbst. Nachdem sie abends nach dem ausgedehnten Bad auf ihrem Zimmer genüßlich gespeist hat, entschließt sie sich, es am nächsten Morgen noch einmal mit der alten Rolle zu versuchen, die doch bis jetzt sehr erfolgreich gewesen ist. Mittlerweile ist sie ihr schon richtig ans Herz gewachsen. Es fällt ihr nicht schwer, sich vorzustellen, mit Robert Börgel ein Liebesverhältnis zu haben oder es zumindest gehabt zu haben. Wenn auch dieser Mann, von dem sie weiß, daß er einsfünfundachtzig groß und schlank ist und dem Foto in ihrer Tasche nach blond und blauäugig, in ihrer Vorstellung dunkle Haare hat und sie mit den Augen von Hugh Grant ansieht.

Sie braucht lange, um das Geräusch, das sie aus tiefstem Schlaf holt, als das zu identifizieren, was es ist. Das hartnäckige Läuten eines Telefons. Sie versteht zunächst überhaupt nicht, was dieser Mensch am anderen Ende der Leitung von ihr will. Wieso soll es sie interessieren, daß es sieben Uhr dreißig ist? Erst als sie sich mühsam an die Oberfläche ihres Bewußtseins quält, sie der Spiegel gegenüber dem Fußende ihres Bettes daran erinnert, daß sie sich in einem Hotelzimmer befindet, fällt ihr ein, daß sie selbst heute nacht noch den Portier gebeten hat, sie zu wecken. Sie hatte bis in den frühen Morgen ferngesehen. Sich vom Bett aus durch siebenundzwanzig Programme zu zappen war ein völlig neuer Luxus für sie. Sie hat das Gefühl, alles, was ihr in diesem Hotel geboten wird, ausnutzen zu müssen. Wer weiß, wann sie je wieder einmal in die Lage kommen wird, das genießen zu dürfen. Sich vorzustellen, daß dank ihrer zukünftigen erfolgreichen Arbeit derlei Genüsse für sie selbstverständlich werden könnten, fällt ihr doch sehr schwer.

Deshalb läßt sie sich auch mit dem Frühstück Zeit. Ein solch reichhaltiges Buffet hat sie noch nie gesehen. Sie möchte zu gerne von allem probieren, nimmt von all den Köstlichkeiten nur ein Häppchen. Vieles von dem, was da so dekorativ vor ihr ausgebreitet steht, ist ihr völlig fremd. Selbst konzentriertes Kauen trägt nicht zur Identifikation bei. Die Shrimps will sie sich bis zum Ende des Frühstücks aufheben, sozusagen als krönenden Abschluß.

Sie kann sich gerade noch zurückhalten, lautstark zu protestieren, als der rundliche Herr vor ihr sich den Teller mit diesen köstlichen Tierchen randvoll lädt, die Schüssel sogar gründlich auskratzt. Typisch, denkt sie, das kann auch nur mir passieren. Anstatt daß ich so intelligent bin, mir meinen Anteil erst einmal zu sichern – ich hätte ihn mir ja trotzdem bis zum Schluß aufheben können –, stehe ich jetzt vor der leeren Schüssel da. Krabbensalat gibt es noch reichlich. Aber den nimmt sie nur, weil sie sich scheut, mit leerem Teller zu ihrem Tisch zurückzugehen. Die Hochstimmung, in der sie sich befunden hat, ist jäh verflogen. Eher pflichtbewußt als genußvoll kaut sie auf ihrer Speise herum.

Als der Ober plötzlich neben ihrem Tisch steht, erschrickt sie, weil sie einen Moment lang glaubt, er wolle sie wegen ihrer dem Ort so unangemessenen kindischen Neidgefühle zur Ordnung rufen. Aber er teilt ihr nur mit dezenter Stimme mit, daß sie am Telefon verlangt werde.

»Ich? Aber wieso?«

Dem Gesichtsausdruck des Obers entnimmt sie, daß das nicht die Reaktion war, die in diesem Haus erwartet wird.

»Wer ist denn dran?«

Das ist nun die absolut falsche Frage. Die geringschätzige Herablassung ist nicht zu überhören.

»Das zu wissen, gnädige Frau, steht mir nicht zu. Sie werden sich schon selbst bemühen müssen.«

Gehorsam steht sie auf, zuckt zusammen, als er hinter sie tritt, um den Stuhl wegzuziehen.

»Wenn Sie mir bitte folgen wollen.«

Wie hat dieser Sebastian sie bloß gefunden? Wie soll sie erklären, warum sie ihn angelogen hat? Ihm verraten, weshalb sie in Wirklichheit hinter Robert Börgel her ist? Sie kann sich nicht erklären, warum, aber das will sie nicht. Heute morgen, bei hellem Tageslicht, kommt ihr der Gedanke, daß er an ihr als Frau interessiert sein könnte, mehr als unwahrscheinlich vor. Was für einen Grund könnte er aber sonst haben, um sich die Mühe zu machen, ihren Aufenthalt herauszufinden? Sie ist so felsenfest davon überzeugt, daß es nur dieser Kolumbianer sein kann, der sie am Telefon verlangt, daß sie, nachdem sich ihre Sekretärin mit »Seibold. Guten Morgen, Frau Reichert« gemeldet hat, erst einmal stumm bleibt.

»Sind Sie noch dran?« kommt nach einigen Sekunden eine zögernde Frage.

»Ja, ja. Guten Morgen.«

»Alles in Ordnung?«

Sabine überlegt, ob Frau Seibold sich diesen mütterlich besorgten Tonfall auch ihrer Tante gegenüber erlaubt hat. Sicher nicht.

»Ja, natürlich. Wieso fragen Sie. Selbstverständlich ist alles in Ordnung.

»Herr Minister Börgel hat angerufen. Ob es etwas Neues gibt. Sie möchten ihn doch bitte heute noch anrufen.«

Dieser Name erinnert sie jäh daran, wie wenig sie bisher geleistet hat, daß sie nichts vorweisen kann, das die Kosten für dieses Hotel mit seinem wunderbaren Frühstücksbuffet rechtfertigen könnte. Was soll sie dem Minister bloß sagen? Sie vertagt dieses Problem auf den Abend. Vielleicht erfährt sie ja im Reisebüro etwas, das ihr weiterhilft. Sicher eine unsinnige Hoffnung, aber die einzige, die ihr bleibt.

Als sie durch den Frühstücksraum zum Ausgang geht, stellt der Ober gerade eine große Schüssel voller Shrimps auf das Buffet.

Sie geht die wenigen Schritte zum Reisebüro zu Fuß. Auf dem Stadtplan hat sie gesehen, daß es gleich um die Ecke liegt. Wie sie vorgehen soll, weiß sie noch nicht. Sie vertraut darauf, daß ihr im entscheidenden Moment etwas einfallen wird.

Sie bleibt mitten in dem mit vielen lockenden Plakaten gepflasterten Raum stehen und sagt sehr entschieden:

»Guten Morgen. Mein Name ist Sabine Reichert.«

Das professionell freundliche Gesicht einer jungen Frau, die Sabine einladend angeschaut hat, als sie das Reisebüro betrat, verändert sich ganz langsam von oben nach unten. Erst zeigen sich über der Nasenwurzel zwei konzentrierte Falten, dann senken sich die Augenbrauen über Augen, die vorher offen und zuvorkommend geschaut haben, und werden zu zwei schnurgeraden Strichen, und der Blick geht auf Distanz. Die Lippen, die gerade noch zu einem freundlichen Lächeln geöffnet waren, schließen sich. Das ganze Gesicht ist ein einziges Fragezeichen. Sabine ist fasziniert von dieser Verwandlung. Sie schaut weiterhin stumm diese irritierte Person mit ihrem unschuldigsten Blick an, erwartungsvoll. Schweigen. Beide in der gespannten Aufmerksamkeit, mit der ein Schauspieler auf sein rettendes Stichwort wartet. Offensichtlich hat Sabine die besseren Nerven, denn nicht sie bricht dieses Schweigen. Das Gesicht unter den kurzgeschnittenen weißgebleichten Haaren hat zu seiner dienstlichen Freundlichkeit zurückgefunden.

»Was kann ich für Sie tun?«

»Sabine Reichert.« Sie wiederholt ihren Namen, als sei er das Schlüsselwort für irgendwelche geheimen Verabredungen. Als jedoch nur ein fragendes »Ja, und?« auf diese dem Ton nach so wesentliche Mitteilung kommt, sieht sie sich genötigt, der jungen Frau weiterzuhelfen.

»Bei Ihnen wurde ein Brief für mich hinterlegt.«

»Ein Brief? Für Sie?«

Es liegen gleich mehrere Fragezeichen in der Luft.

»Ja. Für mich.« Und zum dritten Mal nennt sie geduldig ihren Namen.

»Einen Augenblick, bitte.« Und mit etwas lauterer Stimme fragt diese Person in den Raum hinein: »Hast du vielleicht einen Brief für eine Sabine Reichert?«

Ein schmalbrüstiger junger Mann am anderen Ende des Tresens, der schon seit Sabine das Reisebüro betreten hat, den Telefonhörer an sein rechtes Ohr hält, ohne ein Wort zu sagen, nur hin und wieder durch eifriges Nicken seine Zustimmung zu geben scheint, sagt:

»Entschuldigung. Einen Moment«, hält die Sprechmuschel zu, schüttelt verneinend den Kopf und setzt mit den Worten »Da bin ich wieder« sein lautloses Telefongespräch fort.

»Frau Zimmermann! Wissen Sie etwas davon?«

Diesmal ist die Frage an eine Dame in einem beigefarbenen Coco-Chanel-Kostüm gerichtet, die an einem Schreibtisch in der Ecke konzentriert auf den Monitor eines Computers starrt, als erwarte sie von ihm besorgniserregende Nachrichten. Ihre rechte Hand klopft mit der Spitze eines Kugelschreibers ungeduldig auf einen Stoß vor ihr liegender Papiere. Sie hebt den Kopf, schaut Sabine prüfend an und legt aufseufzend ihren Stift neben ihre Papiere. Sie steht auf und kommt zu ihnen herüber, stellt sich hinter das weißblonde Wesen, als wolle sie es beschützen. Ihr Verhalten ist eindeutig, es hat nur eine Botschaft: Ich bin hier die Chefin.

Offensichtlich froh darüber, die Verantwortung für diese merkwürdige Person los zu sein, die glaubt, durch die Nennung ihres Namens irgendwelche ganz bestimmten Reaktionen erwarten zu dürfen, wendet sich der Kopf mit den hellen Stoppelhaaren der dezent gewandeten Person hinter ihrem Stuhl zu.

»Diese Dame behauptet, es sei hier bei uns ein Brief für sie hinterlegt worden.«

»So? Was für ein Brief sollte das denn sein?«

Diesen Tonfall kennt Sabine. Mit dem gleichen herablassenden Zweifel in der Stimme hat ihre Lateinlehrerin sie früher aufgerufen und sie nach dem »Ablativus absolutus« gefragt.

»Ein Brief mit einem Flugticket. Robert wollte es bei Ihnen für mich hinterlegen.«

Ein kurzer Blickwechsel zwischen den beiden Frauen zeigt, was beide von dieser Kundin halten. Die Ältere übernimmt den Fall.

»Kommen Sie mit dort hinüber.« Sie zeigt auf einen Tisch mit zwei Stühlen, der von künstlichen Palmen eingerahmt wird. »Setzen Sie sich erst einmal, und erzählen Sie mir ganz in Ruhe und von Anfang an, wer dieser Robert ist und um welches Flugticket es sich handeln soll.«

Die Lateinlehrerin hat sich mittlerweile in eine Schwester der Bahnhofsmission verwandelt.

»Robert ist mein Freund. Robert Börgel. Er war vor einer Woche hier bei Ihnen und hat für sich und mich ein Flugticket nach –

London gekauft.« Es kommt ihr alles sehr glaubwürdig vor, was sie da erzählt. Sie muß nicht lange überlegen, wie diese Geschichte, die ihr in Sekundenschnelle eingefallen ist, weitergeht. »Er ist schon vorgeflogen. Ich konnte nicht früher weg, und deshalb wollte er es hier bei Ihnen hinterlegen.«

Es klingt, als würde sie sich an diesem Wort »hinterlegen« wie an einem Rettungsanker festhalten.

»Und warum hat er es Ihnen nicht geschickt?«

Das ist wahr. Warum hat er es ihr nicht geschickt? Sie ist mittlerweile so überzeugt von ihrer Rolle, daß sie sich diese Frage ernsthaft überlegt. Und da sie darauf keine Antwort weiß, ihr auch nicht das geringste dazu einfällt, wiederholt sie nur: »Er wollte es hier bei Ihnen hinterlegen«, und bricht in Tränen aus.

Die drei Angestellten des Reisebüros mit dem schönen Namen »Prima, Primissima« schauen sich bedeutungsvoll an. Wie kann man nur so dumm sein und auf diesen alten Trick hereinfallen?

»Es tut uns sehr leid, Frau Reichert, aber wir wissen nicht, wie wir Ihnen helfen sollen. Für Sie ist hier kein Brief und kein Flugticket hinterlegt worden. Das wüßte ich.«

Der kleine Seufzer zu Beginn des Satzes zeigt deutlich, daß die schluchzende Sabine mittlerweile als Problem empfunden wird.

»Glauben Sie mir, dieser Vorgang wäre so ungewöhnlich, daß wir ihn bestimmt in Erinnerung behalten hätten. Außerdem wäre das Ticket dann unter Ihrem Namen registriert worden.«

Sie dreht den Bildschirm des Computers, der links neben ihr auf dem Tisch steht, so daß Sabine ihn ebenfalls sehen kann, gibt auf der vor ihr liegenden Tastatur ein paar Befehle ein und lehnt sich abwartend zurück. An dem Nagel ihres linken Zeigefingers ist ein Stück Nagellack abgeplatzt.

»Sehen Sie selbst. Unter R keine Sabine Reichert.«

»Und unter B für Börgel?«

Dieser Seufzer hat schon einen stark demonstrativen Charakter.

»Auch nicht unter Börgel. Hier.«

Der Finger, dessen Nagel neu lackiert werden müßte, bewegt sich wieder blitzschnell auf der Tastatur.

»Sehen Sie? Nichts!«

»Robert Börgel? Den habe ich bedient.«

Der junge Mann hat sein Telefongespräch, wenn man es denn so nennen will, beendet und schaltet sich mit diesem wahrhaft erhellenden Satz in die Szene ein, was mit einem Stirnrunzeln quittiert wird.

»Sie? Wann soll denn das gewesen sein?«

»Ungefähr vor einer Woche.«

Die Stimme dieses Menschen ist Sabine äußerst unangenehm, wie sein ganzes Äußeres, dieses rosafarbene Hemd, das Goldkettchen, die im Solarium gebräunte Haut und die gefönte Tolle. Ein »Stenz« hätte ihre Tante gesagt. Trotzdem möchte sie ihn am liebsten küssen. Sie schaut ihn dankbar mit ihren tränenfeuchten Augen an.

»Nun ja, mir ist der Name aufgefallen. Er hat mit einem Euroscheck bezahlt. Ich hab ihn noch gefragt, ob er vielleicht mit dem Staatsminister Börgel versippt oder verschwägert sei. Fand er wohl nicht komisch. Aber«, ein maliziöses Lächeln fällt für Sabine ab, »er hat kein Ticket nach London gekauft, weder für sich noch für Sie. Er wollte eine Fahrkarte nach Berlin.«

Warum ihn diese Frau jetzt plötzlich strahlend anlächelt und nicht vor Verzweiflung zusammenbricht, kann er sich nun überhaupt nicht erklären. Sie scheint ja direkt erleichtert zu sein. Der Tränenstrom ist jäh versiegt. Das verstehe, wer da wolle. Er jedenfalls nicht. Mit einem leisen »Entschuldigen Sie bitte, daß ich Ihnen soviel Mühe gemacht habe« verläßt diese Person das Reisebüro. Irgendwie, auf eine diffuse Art und Weise hat der »Stenz« das Gefühl, hereingelegt worden zu sein.

Draußen vor der Tür atmet Sabine erst einmal kräftig durch. Sie muß sich innerlich auf die Schulter klopfen. »Gut gemacht.« Jetzt hat sie wenigstens einen Anhaltspunkt, wenn ihr auch sofort die Redewendung mit der Stecknadel im Heuhaufen einfällt. Auf jeden Fall muß sie schnellstens zum Bahnhof.

»Berlin! Ausgerechnet Berlin!« Es gibt so viele Möglichkeiten. Aber die Wahl ist auf diese Stadt gefallen, in der sie vor unendlich langer Zeit das größte Glück und die abgrundtiefste Verzweiflung kennengelernt hatte.

Mit zwölf Jahren hatte sie damit begonnen, sich aus der Abhängigkeit von ihrer Mutter zu lösen. Diese Bindung war so stark gewesen, daß sie nur durch Grausamkeiten zerstört werden konnte. Fast zehn Jahre heftigster Auseinandersetzungen, gegenseitiger Kränkungen und tiefster Verletzungen waren nötig gewesen, um diese Trennung zu vollziehen, die, wie sie im Grunde ihres Herzens wußte, trotzdem erst mit dem Tode ihrer Mutter endgültig war. Erst dann fühlte sie sich frei, obwohl sie das irrtümlich schon damals von sich glaubte, als sie es allen Widerständen zum Trotz durchgesetzt hatte, nach Berlin gehen zu dürfen.

Und dann dieses klägliche Versagen. Nicht ganz ein halbes Jahr hatte sie es ausgehalten, dann war sie reumütig nach Hause zurückgekehrt, hatte all die Träume von einer Karriere als Schauspielerin begraben und gehorsam die Ausbildung zur technischen Zeichnerin begonnen. Nicht, daß man sie wegen mangelnden Talents nach Hause geschickt hätte. Sie rief sich noch heute manchmal die positiven Äußerungen ins Gedächtnis, dachte voller Stolz an das Lob, das sie bekommen hatte. Aber ihr fehlte damals jegliche Kraft für dieses Leben. Es war, als hätten all diese Kämpfe, die nötig waren, um ihren Wunsch durchzusetzen, sie absolut erschöpft. Es war keine Energie mehr übriggeblieben. Vielleicht hätte sie es ja doch noch geschafft, wenn da nicht diese Geschichte mit Paul gewesen wäre.

Sie lernte ihn auf dem Faschingsfest der Schauspielschule kennen. Er war mit einer ihrer Kommilitoninnen befreundet, kümmerte sich aber an diesem Abend nur um Sabine. Diese bedenkenlose Treulosigkeit hätte sie gleich stutzig machen sollen. Aber sie fühlte sich durch seine Aufmerksamkeit, durch seine zärtlichen Worte so besonders, daß sie seine Entscheidung für sie und gegen eine andere Frau für zwangsläufig hielt, obwohl sie bisher selten oder nie die Aufmerksamkeit der Männer auf sich gezogen hatte. Die Tanzstunde war eine einzige Qual gewesen. Ihr demütigendstes Erlebnis hatte sie auf einer Kirmes in einem

Ort erfahren, den sie auf einer Klassenfahrt besuchten. Für einen guten Zweck wurden die Mädchen versteigert. Sie gehörte zu den »Ladenhütern«. Sie hat noch die Stimme des Ansagers im Ohr. »Das Bündel zu fünfzig Pfennig.«

Aber Paul sagte, sie sei schön, und sie war schön. Er fand für sie wunderbare Worte, wie sie sie noch nie gehört hatte. Sie war mehrere Monate lang in einem Zustand der Glückseligkeit, der kaum noch etwas Irdisches an sich hatte. Mit welcher Zärtlichkeit er sie liebte, wie er sich für sie begeistern konnte, welche phantasievollen, liebevollen Namen er für ihren Körper fand. Sie wußte nicht, auf welche Art sie dem Schicksal danken sollte. Sie hielt den Atem an, weil sie Angst hatte, die Götter würden sie für dieses Glück bestrafen. Was sie dann auch taten, und zwar gründlich.

Er holte sie eines Abends ab, um mit ihr zu einer Party von Freunden von ihm zu gehen, die wie er in der Regieklasse der Schule waren. Auf der Fahrt dorthin sagte er ganz beiläufig, er müsse noch jemanden abholen. Und dieser jemand war eine äußerst attraktive Frau, neben der sich Sabine blaß und unscheinbar vorkam. Sie schien sehr vertraut mit Paul zu sein, und er verbrachte den ganzen Abend mit ihr, küßte sie sogar, leidenschaftlich, ohne sich daran zu stören, daß Sabine es sah. Ihr war so schlecht, daß sie Angst hatte, sich zu bewegen. Sie saß steif auf ihrer Matratze am Fußboden und rührte sich nicht, bis die Gastgeberin sich neben sie hockte und sie zwang, einen doppelten Whisky zu trinken.

»Willkommen im Club.«

Sie verstand nicht, bis die Stimme fortfuhr: »Wie ich sehe, dürfen wir ein weiteres Opfer in unserer Mitte begrüßen.«

Und dann zeigte sie ihr all die Frauen im Raum, die Paul schon geliebt hatten und sich eingebildet hatten, von ihm geliebt worden zu sein.

»Und nun ihr Leben lang die Sehnsucht nach seiner Liebe nicht mehr loswerden. Du wirst es auch noch merken.«

Am nächsten Tag war sie mit dem ersten Zug nach Hause gefahren. Erst Jahre später, in ihrer Beziehung mit Reinhard, hatte sie gemerkt, daß diese seltsame Prophezeihung eingetroffen war.

Eine Geste eines wildfremden Menschen hatte sie an Paul erinnert. Als ob ein Vorhang in der Mitte auseinanderrisse und ein dahinter verborgenes Bild freigäbe, wußte sie plötzlich, daß die Sehnsucht nach diesem Mann sie wohl nie mehr verlassen würde, und fühlte sich ihrem Freund gegenüber schuldig, weil sie ihm im Vergleich dazu keine Leidenschaft, sondern nur lauwarmen Zwiebackbrei angeboten hatte. Deshalb hatte sie auch in gewisser Weise seinen Entschluß, sich von ihr zu trennen, als gerecht empfunden. Sie hatte versucht, sich das Phänomen Paul zu erklären, und war nach langem Grübeln zu dem Schluß gekommen, daß Paul ein Mann war, der nicht, wie sie geglaubt hatte, so viele und vor allem sie belogen und betrogen hatte, sondern daß er in dem Moment, als er diese Zärtlichkeiten aussprach und entsprechend handelte, bis in seine hinterste Seelenecke davon überzeugt war. Den jeweiligen Partnerinnen nahm er es übel, wenn sich dieses Hochgefühl nicht als ewig herausstellte. Aber er war der einzige Mann gewesen, den sie kennengelernt hatte, der in der Lage gewesen war, die Vision einer Liebe als Absolutheit heraufzubeschwören. Und nach dieser Idee sehnt man sich. Gut, sie hatte bisher nicht allzu viele Männer in ihrem Leben kennengelernt, aber sie war ja nicht die einzige, der es so ergangen war. Und, wie ihr damals erzählt wurde, litten alle, die mit ihm befreundet gewesen waren, an dem gleichen Syndrom.

Und nun, nach so vielen Jahren, soll sie Berlin wiedersehen. Es kommt ihr wie ein merkwürdiger Wink des Schicksals vor, an den Ort zurückzukehren, an dem sie eine Chance vertan hatte, um jetzt bei einer zweiten vielleicht besser zu bestehen.

Erst im ICE, als sie schon hinter Kassel ist, fällt ihr ein, daß sie erstens unbedingt Herrn Minister Börgel anrufen sollte und zweitens vergessen hat, sich wie versprochen bei ihrer Schulfreundin Anna Wagner zu melden. Doch das Zugtelefon ist außer Betrieb.

Eine merkwürdige Erregung erfaßt sie, als sie aus dem Zug steigt, und hält an, während sie im Taxi durch die abendliche Stadt fährt. In ihr ist eine seltsame Gewißheit, daß es ihr hier gelingen wird, ihre Aufgabe zu lösen. Die Schicksalsmächte, die ihr plötzlich sehr konkret vorkommen, sind auf ihrer Seite. Schon der erste Schritt ist ein gelungener. Sie hatte gleich vom Bahnhof Zoo aus die Frau angerufen, bei der damals diese Party stattgefunden hatte. Den Namen hatte sie nie vergessen. Und tatsächlich fand sie im Telefonbuch immer noch unter der alten Adresse eine Susanne Kremer. Sie hat einfach angerufen und nach einer kleinen Denkpause schrillte ihr ein »Nein! Du! Aus welchen Galaxien tauchst du denn auf?« entgegen. Es tut ihr gut, daß man sich an sie erinnert und nicht nur das, sie auch herzlich einlädt, sofort nach Neukölln zu kommen.

»Du kannst bei mir wohnen. Kein Problem. Platz ist genug da. Ich bin gerade mal wieder solo.«

Diese spontane Gastfreundschaft hat durchaus ihren Grund, wie Sabine klar wird, als sie bei einer Flasche Wein ins Verhör genommen wird: Neugier, die sich auf diesen Abend vor zwanzig Jahren bezieht.

»Daß du einfach so sang- und klanglos verschwunden bist, hat diesem Herzensbrecher Paul arg zugesetzt. Er hat es überhaupt nicht verstanden. Er wollte doch die Beziehung zu dir nicht aufgeben. Daß du von Ausschließlichkeit, von Treue ausgegangen bist, hat ihn völlig verblüfft. Mit so etwas ›Altmodischem‹, wie er sagte, hatte er nicht gerechnet. Ja, und als du dann einfach weg warst, glaubte er plötzlich, nur dich zu lieben. Ich kann dir sagen, es war für uns alle eine sehr stressige Zeit. Er hockte stundenlang auf dem Platz, auf dem du jetzt sitzt, und sagte immer wieder dasselbe: ›Sie muß zurückkommen. Weiß sie denn nicht, daß ich sie liebe?‹«

Sabine möchte wie der kleine Häwelmann »Mehr! Mehr!« schreien, obwohl sie sich vom Verstand her genau darüber im klaren ist, daß diese Liebe eine Fiktion war. Durch das abrupte Ende war sie ein dankbarer Gegenstand für eine Idealisierung. Und trotzdem gibt es wider besseres Wissen in ihrer Seele ein Fleckchen, das die Echtheit seines Gefühls sehnsüchtig glauben möchte.

»Ich mußte sogar im Sekretariat der Schule deine Heimatadresse erbetteln. Er hatte ja keine Ahnung, wo du wohnst. Ich sage dir, das war vielleicht ein Akt. Die stellten sich an, als hätten sie den Datenschutz erfunden. Vielleicht waren sie auch bloß sauer auf dich, daß du so einfach verschwunden bist. Schließlich hatten sie ja Zeit und Geld in dich investiert.«

Dieses besondere Schuldgefühl hat Sabine lange mit sich herumgetragen, und sie merkt jetzt, daß es noch immer da ist. Sie weiß, daß zwei Menschen besonders an sie geglaubt haben: ihre Lehrerin für Sprecherziehung und der Professor, mit dem sie ihre erste Rolle erarbeitet hatte. Daß sie diesen beiden nichts über die Gründe gesagt hatte, warum sie geflohen war, hat ein ungutes Gefühl in ihr hinterlassen. Wie oft war sie in den ersten Tagen nach ihrer Flucht versucht gewesen, alles in einem Brief zu erklären. Doch dann erinnerte sie sich, daß dieser Lehrer, der das Theater über alles stellte, es kategorisch ablehnte, private Gefühle als Grund für eine Nachlässigkeit in diesem Beruf zu akzeptieren, selbst wenn es sich um DIE Liebe des Lebens handelte.

Als sie damals nach Hause gekommen war, hatte sie als erstes den von ihr kunstvoll geschriebenen Satz, der von Max Reinhardt, dem großen Theatermann der zwanziger bis vierziger Jahre, stammte, von der Wand gerissen, wo er seit ihrem vierzehnten Lebensjahr hing: »Das Theater ist ein Orden, aus dem man nicht austreten kann.« Genauso hatte sie sich gefühlt, wie jemand, der ein Gelübde gebrochen hatte.

»Es war schon sehr grausam von dir, Paul auf seine Briefe überhaupt nicht zu antworten.«

Die Bedeutung dieses Satzes begreift Sabine erst ganz langsam, während sie konzentriert zuschaut, wie Susanne die nächste Flasche öffnet. Als sie es begriffen hat, kann sie es nicht fassen. Sie muß noch einmal nachfragen.

»Paul hat mir geschrieben?«

»Dutzende von Briefen. Sag bloß, du erinnerst dich nicht mehr daran. Oder«, der Korken rutscht mit einem hellen »plopp« aus der Flasche, und die Hand mit dem Korkenzieher bleibt in der Luft stehen, »hast du die Briefe etwa gar nicht bekommen?«

»Nein. Ich wußte bis heute nichts davon.«

Sabine sieht ihrem Gegenüber an, daß sie das gleiche wie sie vermutet: Ihre Mutter hat sie unterschlagen. Mit dieser Ungeheuerlichkeit muß sie erst einmal fertig werden. Sie sitzt stumm da, während Susanne, nachdem sie ihre Gläser wieder gefüllt hat, weiter redet und redet, in einem Tempo, als müsse sie in einer befristeten Zeit all das loswerden, was sich in diesen Jahren ereignet hat.

»Weißt du, wer weiß, wozu es gut war, daß du diese Briefe nie bekommen hast. Geändert hätte sich dieser Typ nie. Ich bin übrigens mit seiner Exfrau befreundet. Sie wohnt gleich um die Ecke. Drei Jahre waren sie verheiratet, dann das gleiche Spielchen. Zu viele Amouren. Das letzte Mal, als ich ihn getroffen habe, er wohnt übrigens auch immer noch in Berlin, hatte er etwas Blondes bei sich. Viel jünger als er, obwohl er immer noch verdammt gut aussieht. Sein Charme wirkt hin und wieder etwas abgestanden, aber im Vergleich zu dem, was einem sonst so angeboten wird... Nun ja, es ist, wie es ist. Nur, daß du deswegen die Schauspielerei aufgegeben hast... Oder bist du an eine andere Schule gegangen?«

»Nein.«

»Dumme Frage, sonst hätte ich ja irgendwas über dich gelesen oder gehört. Du warst nämlich gut, glaub mir. Obwohl du im Alltag so unscheinbar aussiehst, hast du eine starke Bühnenpräsenz. Ich habe damals oft gedacht, Sabine ist ein Chamäleon. Sie wechselt blitzschnell ins andere Fach. Und deine Leistung bei eurer Semester-Abschlußarbeit! Gut. Um nicht zu sagen, großartig. Und daß dieses Urteil stimmt, siehst du allein daran, daß ich es in all den Jahren nicht vergessen habe. Und ich habe seitdem viel gesehen. Schließlich treibe ich mich ja noch immer in diesem Metier herum. Wenn auch zur Zeit Flaute herrscht. Das muß man zugeben.«

Sabine sieht diesem sich unablässig bewegenden Mund zu und hat das Gefühl, alles, was da geredet wird, hat nichts mit ihr zu tun. Da wird ein Leben als konkrete Möglichkeit hingestellt, das meilenweit entfernt von ihrer Wirklichkeit ist. Sie muß jetzt und auf der Stelle dafür sorgen, daß über etwas anderes geredet wird. Sie darf sich auch nicht die geringste Wut auf ihre Mutter erlauben, die so massiv in ihr Leben eingegriffen hat, ohne sie zu fragen oder sie darüber zu informieren. Denn wenn sie jetzt anfängt mit Wenn und Aber, wird sie verrückt.

»Das Leben, das ich jetzt führe, ist nicht weniger interessant als das, was ich am Theater hätte führen können. Ich bin Privatdetektivin.«

Susanne schweigt. Sabine kann auf ihrem Gesicht ihre Gedanken ablesen: also doch total auf den Hund gekommen, denn was Rechtes kann das ja nicht sein. In dem Beruf braucht man doch Durchsetzungsvermögen, Wagemut, ein sicheres Auftreten. Oder ist diese unscheinbare Person nicht doch vielleicht genau die richtige? Chamäleon habe ich gesagt. Vielleicht liege ich damit richtiger, als ich dachte.

»Ich bin in das Unternehmen meiner Tante eingestiegen.« Sie muß ihr ja nicht sagen, wieso. »Wir befassen uns nicht mit den landläufigen Delikten wie Ehebruch oder Ladendiebstahl. Es geht schon um Wesentlicheres. Zu unseren Klienten zählen einige Prominente.«

Bei dem Wort »Klienten« fällt es ihr wieder siedendheiß ein: anrufen. Es ist zwar schon nach Mitternacht, aber besser jetzt als nie.

»Kann ich mal dein Telefon benutzen?«

Glücklicherweise ist Herr Börgel nicht zu Hause, hat nur den Anrufbeantworter eingeschaltet. Sie läßt ihn kurz und knapp wissen, daß sie eine Spur verfolgt, die sie nach Berlin geführt habe.

»Ich rufe Sie an, sobald ich mehr erfahren habe.«

Susanne steht die Neugier ins Gesicht geschrieben. Sabine gibt sich geheimnisvoll.

»Gibst du mir noch ein Glas Wein?«

Sie fühlt sich wunderbar.

Das kann sie am nächsten Morgen nicht mehr von sich behaupten. Ihr Kopf fühlt sich an, als hätte er einen Durchmesser von mindestens einem Meter. Das kommt davon, wenn man es nicht gewohnt ist, viel Wein zu trinken. Und diese Geräusche, die an ihr höchst empfindliches Ohr dringen, sind die reinste Folter für ihr Gehirn. Wer klappert denn da so demonstrativ mit Geschirr?

Sie wagt es nicht, die Augen zu öffnen, denn sie hat das sichere Gefühl, wenn sie das täte, wäre sie gezwungen zu akzeptieren, daß dieser Kopf ihr gehört. Lieber Gott, gib, daß das nicht wahr ist.

»Guten Morgen! Guten Morgen! Frische Brötchen, das Ei wie gewünscht vier Minuten und die druckfeuchte Morgenzeitung.«

Diese aufgesetzte Fröhlichkeit mitten in der Nacht löst in Sabine Mordgelüste aus.

»He, Sabine, aufwachen. Das Frühstück ist fertig.«

Die Person ist ja unerträglich. Jetzt hält sie ihr auch noch eine Tasse Kaffee direkt unter die Nase. Kaffeeduft ist normalerweise ein Mittel, mit dem man Sabine aus einer todesähnlichen Ohnmacht erwecken kann, aber jetzt fährt ihr der Geruch direkt in den Magen. Ihr wird übel.

»Entschuldige. Ich muß erst einmal ins Bad.«

Sie setzt sich abrupt auf, schlägt die Bettdecke zurück, haut mit dieser Bewegung Susanne den Kaffee aus der Hand, der sich in hohem Bogen über die Schlafcouch ergießt und auf der sonnengelben Bettwäsche häßliche braune Flecken hinterläßt. Die Entschuldigung für diese Tat muß sie sich bis später aufheben. Jetzt erst mal nichts wie raus hier, sonst passiert noch ein Unglück.

Eiskalt läßt sie sich in der Dusche das Wasser über den Körper laufen, so lange, bis sie anfängt zu zittern, dreht dann heiß auf, bleibt mit geschlossenen Augen unter dem Strahl stehen, bis ihr Körper krebsrot ist, um dann wieder die Kaltwasserbehandlung einzusetzen. Gott sei Dank, es hilft.

Eine besorgte Susanne klopft und öffnet die Tür.

»Ist mit dir alles o.k.? Du bist jetzt schon eine Viertelstunde da drin.«

Sabine nickt, während sie genüßlich das Wasser über sich laufen läßt.

»Tut mir leid, das mit dem Kaffee. Aber ich hatte Angst, ich spucke dir gleich auf den Teppich.«

»Aber ich bitte dich. Das kann doch jedem mal passieren. Ist schon alles weggeräumt. Das Frühstück ist in der Küche serviert. Aber laß dir Zeit.«

Sabine würde sich ja lieber gleich wieder hinlegen, aber die Gesetze der Höflichkeit gebieten es wohl, daß sie dieser Einladung Folge leistet.

»Hier, trink das erst mal. Wird dir guttun.«

Susanne schiebt ihr ein Glas mit einer bräunlich-roten Flüssigkeit hin. Das Zeug ist so scharf, daß es einem die Tränen in die Augen treibt.

»Was ist das?«

Sabine japst nach Luft.

»Mein Geheimrezept. Hilft garantiert.«

Das kann man wohl sagen. Die Wirkung ist phänomenal. Hatte sie eben noch das Gefühl, sich beim Anblick dieses Frühstückstisches übergeben zu müssen, so überfällt sie jetzt ein ungeheurer Appetit. Wirklich nett von Susanne, daß sie frische Brötchen geholt hat.

»Aber bitte, gern geschehen. Entschuldige, wenn ich dir nicht Gesellschaft leiste, aber ich bin mal wieder auf Diät. So wie du aussiehst, hast du das wohl nicht nötig. Also stör dich nicht dran, daß ich nicht mitesse.«

Sabine hat gar nicht die Absicht, sich stören zu lassen. Susanne blättert in der Zeitung.

»Willst du wissen, was es Neues gibt? Ich lese es dir vor, dann habe ich wenigstens was zu tun. Wenn ich dir so zusehe, werde ich am Ende doch wieder rückfällig.«

»Hm.«

Das soll ein »Ja« sein, aber Sabines Mund ist voll. Der Schinken ist wirklich köstlich. Sie schluckt den Bissen herunter.

»Was gibt es denn hier heute abend im Theater?«

»Tut mir leid, damit kann ich nicht dienen. Weißt du, ich lebe jetzt schon einundzwanzig Jahre in Berlin, aber zum Frühstück brauche ich immer noch meine alte Münchner Tageszeitung.«

Sabine nimmt ein zweites Brötchen.

»Wieso denn die?«

»Ich bin da geboren und aufgewachsen.«

»Ach, das wußte ich gar nicht.«

So wie Susanne redet, hätte Sabine geschworen, daß sie nie etwas anderes als Berlin gesehen hat. Aber was weiß sie schon von ihr. Wenig oder gar nichts. Sie betrachtet ihre ehemalige Kommilitonin, wie sie sich mit größter Aufmerksamkeit über die Zeitung beugt. Wie ein Kind fährt sie mit dem Finger die Zeilen entlang. Plötzlich stockt der Finger.

»Na, das ist ja vielleicht ein Ding. Dieser Schneider soll eine Vollmacht einer Staatsregierung über einhundert Millionen Dollar gehabt haben. Wie findest du das?«

»Wer ist Schneider?«

Susanne schaut sie fassungslos an. »Sag mal, liest du keine Zeitung?«

»Eigentlich nicht.«

»Das gibt's doch nicht. Und so was ist Detektivin. Da wird mit hochgiftigem Zeug gehandelt, hoch radioaktiv, mit dem man eine Stadt wie Berlin vernichten könnte, und du hast keine Ahnung.«

Der Ton stört Sabine. Sie fühlt sich gemaßregelt. »Solche Horrorgeschichten lese ich nicht. Gibt's noch Kaffee?«

»Was? – Ja, sicher.«

Ihre Gastgeberin schenkt ihr ein.

»Ist sowieso alles nur Sensationsmacherei.«

»Na hör mal!«

Susanne hebt die Zeitung mit beiden Händen in die Höhe, hält sie Sabine demonstrativ vor die Nase.

»Das hier ist ein höchst seriöses Blatt. Bitte, und hier steht's, warte. ›Der deutsche Kaufmann Gustav Schneider mit seinen sechs Gramm Plutonium soll die Vollmacht einer Staatsregierung gehabt haben, für einhundert Millionen US-Dollar Plutonium zu kaufen, so hieß es in Bonn nach der Sitzung des Sicherheitsausschusses. Der Auftraggeber sei Nordkorea, wollten Gerüchte einen Tag später wissen. Ein gezielt gestreutes Gerücht, möglicherweise aus der Umgebung Börgels? Der hatte den Atomschmuggler Schneider als eine Art Kronzeugen der Regierung vermarkten wollen, ein Vorhaben, das indes am schweigsamen Herr Schneider zu scheitern droht.‹ – Börgel?«

Susanne hat wieder das gleiche Glitzern in den Augen wie gestern abend, als sie einen Schlachtplan entwarf, wie Sabine der gesuchten Person habhaft werden könnte.

»Genauso heißt doch der Typ, den du suchst. Glaubst du, es gibt da eine Verbindung?«

Sabine findet, Susanne ähnelt mit ihren bebenden Nasenflügeln sehr einem Kaninchen, trotz der hennarot gefärbten Lokkenpracht, die mit einem giftgrünen Reif aus der Stirn gehalten wird. Es tut ihr schon leid, daß sie ihr soviel verraten hat. Daran war erstens der viele Wein und zweitens ihre Ratlosigkeit, wie sie ihre Suche anstellen soll, schuld. Das hatte sie dazu verführt, mehr zu verraten, als sie eigentlich wollte. Ja, und ihre Eitelkeit hat auch noch ihren Anteil daran. Es hat ihr gutgetan, von Susanne offensichtlich als etwas ganz Besonderes betrachtet zu werden. Sie hat sich sofort als Assistentin angeboten. Drei Tage hätte sie noch Zeit, dann müsse sie wegen einer Gastregie nach Süddeutschland.

»Leider nur ein kleines Theater. Aber immerhin München.«

Aber in dieser Frist müsse der Kerl doch zu finden sein, bei zwei so fähigen Frauen. Sabine erinnert sich, so etwas Peinliches wie »Sherlock Holmes und sein getreuer Watson« gehört zu haben. Wie selbstverständlich sich Susanne ihr Leben und ihren Auftrag einverleibt, stört sie. Nur gut, daß sie ihr wenigstens nicht ihren Auftraggeber verraten hat. Betont zurückhaltend sagt sie: »Die Namensgleichheit ist rein zufällig.«

»Hier«, ein Taschenbuch mit bunt bedrucktem Cover fliegt ihr in den Schoß, »der alternative Reiseführer von Berlin. Ich denke, wir fangen bei den Szenekneipen an. Hier in der Umgebung kenne ich natürlich alle und dann noch ein paar in Wilmersdorf und Charlottenburg. Aber wir dürfen den Osten nicht vergessen. Prenzlauer Berg ist nicht mehr in, aber auf jeden Fall müssen wir ins ›Tacheles‹. Der Kerl ist ja nicht von hier, der kennt sich nicht so aus. Der hält sich bestimmt an so was wie diesen Führer, habe ich mir gedacht. Was meinst du? Ich denke, acht Kneipen am Abend können wir schaffen. Rechnen wir für jeden Besuch eine halbe Stunde plus minus zehn Prozent, je nachdem wie auskunftsfreudig die Leute jeweils sind, müßten wir das doch bequem bewältigen können. Hotels und Pensionen können wir tagsüber telefonisch abfragen.«

Sabine fragt sich, wie man als Schauspielerin bei der Redeflut dieser Regisseurin eine Chance bekommt, auch mal was zu sagen. Sie fühlt sich völlig erschlagen. Und das am frühen Morgen. Da hilft auch keine weitere Tasse Kaffee. Aber die Kanne ist sowieso leer.

»Willst du noch Kaffee? Ich mach dir gern noch einen. Du mußt es nur sagen.«

Eigentlich ist diese Fürsorge ein bißchen penetrant.

»Nein, danke. Es ist genug. Darf ich den Artikel mal sehen, den über das Plutonium?«

»Klar.«

Susanne faltet sorgfältig die Zeitung so, daß sie den Artikel wie ein Ausschnittdienst präsentieren kann, nimmt einen roten Filzschreiber vom Tisch und kennzeichnet mit zwei energischen Strichen die Spalte und reicht die Zeitung Sabine rüber.

Sie hält mich offenbar für unfähig, in einer Zeitung einen bestimmten Artikel zu finden. Doch das denkt Sabine nur, das sagt sie nicht. Der Artikel ist mit ANN gezeichnet. Sehr lässig sagt sie:

»Ich nehme meine abfällige Bemerkung von vorhin zurück. Anna Wagner hat diesen Artikel geschrieben, und sie ist eine sehr verantwortungsvolle Journalistin.«

Und wie ein Sahnetröpfchen in den schwarzbraunen Kaffee läßt sie abschließend den Satz fallen: »eine sehr gute Freundin von mir«, und beobachtet mit Genuß, wie diese Aussage auf Susannes Gesicht Wirkung zeigt.

Ich bin an diesen Artikel gekommen wie die Jungfrau zum Kind, um es salopp auszudrücken. Denn eigentlich gehört das gar nicht in mein Ressort. Ich bin hauptsächlich für die wirtschaftlichen Beziehungen zwischen Deutschland und den osteuropäischen Ländern zuständig. Letzteres hat mein Kollege Schubert, der eigentlich zuständig wäre, zum Anlaß genommen, mir das Thema Plutoniumschmuggel zuzuschanzen, weil die heiße Ware, die in Hessen gefunden wurde, doch mit hoher Wahrscheinlichkeit aus dem Ostblock, vermutlich aus Rußland stamme.

Es gibt aber noch einen viel triftigeren Grund. Unser Chefredakteur hat diesen ganzen Vorgang zur Chefsache erklärt. »Da müssen wir dranbleiben.« Und zu diesem »Dranbleiben« gehört auch das Bemühen, umgehend ein Gespräch mit dem Staatsminister im Amt für Internationale Sicherheit zu arrangieren. Aber mein Kollege ist für diesen Herrn Börgel »persona non grata«. Er hatte ihn schon einmal interviewt, vor zwei Jahren. Damals ging es um internationalen Waffenschmuggel und die Frage, inwieweit deutsche Firmen in diese illegalen Transaktionen verwickelt waren. Der Artikel und die Zusammenfassung des Gespräches mit dem Herrn Minister hatten diesem ausgesprochen mißfallen. Deshalb bestand kaum Hoffnung, daß er ihm noch einmal Rede und Antwort stehen würde. Es wird schon schwer genug werden, ihn zu einem Gespräch mit mir zu überreden, wenn er hört, von welcher Zeitung ich komme.

»Sie machen das mit Ihrem Charme, Frau Wagner«, war wieder eines der von mir so geliebten Komplimente unseres allerhöchsten Bosses. Aber zunächst hatte ich mich ja mit diesem aktuellen Fall zu befassen.

In einer ehemaligen Fabrikhalle wurden 6.1539 Gramm Plutonium gefunden. Der Mieter hatte dieses höchst gefährliche Material dort gelagert. Vor zwei Tagen wurde Anklage gegen diesen hessischen Kaufmann erhoben, wegen unerlaubten Umgangs mit Kernbrennstoffen und Verstoßes gegen das Kriegswaffenkontrollgesetz. Die Ermittlungen wurden europaweit geführt. Trotzdem bleiben in der dreiundfünzig Seiten starken Anklageschrift wichtige Fragen unbeantwortet. Wo wurde der tödliche Stoff hergestellt? Wer waren Schneiders Lieferanten, und für wen war diese Ware bestimmt? Dieser Fall ergibt allerdings einen neuen Einblick in die nukleare Schieberszene. Altbekannte Namen tauchten auf, wie der des vor kurzem verstorbenen Waffenhändlers Alfred Neuhaus, der einstmals Schießgerät in alle Welt verschob. Red Mercury, ein Stoff, der angeblich die Leistung von

Raketen wie Bomben gleichermaßen steigern kann, wurde ebenfalls gefunden. Es wird vermutet, daß Schneider diesen Stoff nach Ostdeutschland verkaufen wollte. Die Ermittler stießen im Raum Jena auf ein Netzwerk von Firmen, die offenbar alte Beziehungen zur früheren Sowjetunion pflegen. Wie schätzt die Bundesregierung die Gefahr ein, die durch die Entdeckung dieser höchst brisanten Handelsware plötzlich für Beunruhigung sorgt? Ich muß sagen, die Vorstellung, daß sich in jeder Lagerhalle so ein runder, harmlos aussehender Bleibehälter mit der todbringenden Substanz befinden könnte, ist mir höchst unangenehm. Schon aus diesem Grunde möchte ich wissen, was man von offizieller Seite zu unternehmen gedenkt.

Wie erwartet, der hohe Herr ist ungnädig. Erstens, läßt er seine Sekretärin ausrichten, habe er zu dem Fall alles gesagt, was es zur Zeit zu sagen gebe – das entsprechende Kommuniqué könne sie uns gerne zuschicken –, und zweitens sei er zur Zeit in Moskau, um sich mit dem Chef des russischen Abwehrdienstes zu treffen, und sei erst in zwei Tagen wieder erreichbar. Zu einem Exklusivinterview mit unserer Zeitung sehe er allerdings grundsätzlich keinen Anlaß. Sollte eine offizielle Pressekonferenz nach seiner Rückkehr stattfinden, würden wir selbstverständlich wie alle anderen Medien und Publikationen rechtzeitig informiert werden. Schön hat sie das gesagt, ohne zu stottern. Es keimt in mir der Verdacht, die ganze schöne Rede komme vom Band. Wäre ihr ja auch nicht zu verübeln. Diese Sätze hat sie sicher oft genug sprechen müssen und wird es weiterhin tun.

Doch wo, bitte schön, soll ich jetzt meinen Charme versprühen? Ob ich übermorgen einfach aufs Geratewohl nach Bonn fahre und versuche, dem Herrn Minister aufzulauern? Eine Überlegung, die wenig Aussicht auf Erfolg verspricht. Aber im Notfall wird mir gar nichts anderes übrigbleiben. Wen kenne ich denn, der mir weiterhelfen könnte? Sabine. Ja, die hat den direkten Draht zu Herrn Börgel. Aber ich habe keine Ahnung, wo sie sich rumtreibt. Kein Wort habe ich von ihr gehört. Ob sie dieses Ministersöhnchen schon gefunden hat?

Schön wäre es. Aber Sabine ist noch keinen Schritt weiter. Ihr Auftraggeber wird langsam ungeduldig. Sogar aus Moskau hat er die Detektei angerufen, was denn nun aus dieser Spur nach Berlin geworden sei.

»Keine Bange, Frau Reichert, damit kenne ich mich aus. Machen Sie sich mal keine Gedanken.« Frau Seibold ist ganz Fürsorge. »Wenn ich überlege, was bei Ihrer Tante manchmal los war. Mein Gott. Wochenlang blieb sie oft verschwunden, und nicht einmal ich hatte eine Ahnung, wo sie steckte. Ich bin durch eine harte Schule gegangen. Leute hinzuhalten, das habe ich gelernt. Aber ganz unter uns, sind Sie denn weitergekommen?«

Schon wieder dieser mütterlich besorgte Tonfall. Das ärgert Sabine. Vielleicht lügt sie deshalb.

»Ja.«

»Na, das ist ja wunderbar. Ich habe es ja gewußt. Sie schaffen das. Dann kann ich also dem Herrn Minister sagen, daß der Fall kurz vor seinem Abschluß steht.«

Warum flüstert sie denn jetzt? Der Kerl steht doch ganz bestimmt nicht neben ihr.

»Bitte, Frau Seibold, sagen Sie ihm noch nichts. Das ist eine äußerst brisante Angelegenheit und verlangt höchste Sensibilität.«

Das war wohl das falsche Stichwort, denn jetzt scheint sie hörbar einzuschnappen.

»Das müssen Sie mir nicht sagen. Schließlich bin ich lange genug in diesem Geschäft. Länger als Sie. Wiederhören.«

So, da hat sie ihr Fett weg. Der Hinweis auf ihre »Jungfräulichkeit« in diesem Beruf war deutlich. Doch Frau Seibold hat ja so recht. Zwei Tage sind sie nun schon durch diverse Kneipen gezogen, eine unermüdliche Susanne immer an ihrer Seite. Wenn sie auch manchmal nervt, so ist Sabine doch mehr als dankbar für diese Begleitung. Ohne sie hätte sie sicher schon entnervt das Handtuch geschmissen. Ihre Tante hätte sicher gewußt, wie man diese Suche professionell durchführt. Aber das, was sie da betreiben, kommt ihr äußerst dilettantisch vor. Doch leider hat sie nicht die geringste Idee, was sie sonst machen könnten.

Und schon wieder steht ihr so ein anstrengender Abend bevor. Susanne ist unerbittlich, das Pensum muß absolviert werden. Unter anderen Umständen hätte Sabine das Ganze ja vielleicht genossen. Sie kannte solche Lokale bislang nicht. In ihrer Heimatstadt gibt es das in dieser Art nicht, und während ihrer Zeit in Berlin damals, vor Äonen von Jahren, war sie auch nicht oft ausgegangen. Sie hatte kein Geld. Jetzt allerdings kann sie eine Kneipentour machen, ohne vorher ängstlich auf die Preise im Aushang zu schielen. Geht ja alles auf Spesen. Auch ihr neues Outfit. Nach dieser ersten durchzechten Nacht damals war Susanne erst einmal mit ihr losgezogen, um sie für ihre diversen Vorhaben einzukleiden.

»Mit diesem Aufzug kannst du vielleicht im Kirchenchor Eindruck schinden, aber hier bist du mit deinem ›Kostümchen‹ so fehl am Platz wie sonst was.«

Jetzt ist Sabine stolze Besitzerin von einem Paar ausgefranster Jeans mit Goldknöpfen, schreiend bunten Leggings, einem paillettenbesetzten Top, einem schäbigen Samtbolero mit Troddeln am Saum und einem ledernen Minirock. Eigentlich kommt sie sich in diesen Sachen auffallend verkleidet vor.

»Unpassend für dein Alter, Sabine. Völlig unpassend.«

Sie steht vorm Spiegel und zupft an diesem schwarzglänzenden Etwas herum, das gerade mal mit Mühe ihren Hintern bedeckt. Doch sie muß zugeben, daß sie in dieser Aufmachung nicht schlecht aussieht. Und so jung. Es gab eine Zeit, da hat sie das sehr gestört. Heute gefällt es ihr.

»Mensch, du hast ja hübsche Beine. Warum versteckst du die eigentlich immer?«

Stimmt. Das ist ihr bisher noch nicht aufgefallen. In ihrer Wohnung gibt es keinen Spiegel, der vom Boden bis zur Decke reicht. Eitelkeit gehörte auch zu den Todsünden ihrer Kindheit und Jugend. Manche Verhaltensweisen legt man eben nicht so schnell ab. Mit sanfter Gewalt drückt Susanne sie auf einen Stuhl.

»Was machen wir bloß mit deinen Haaren? Grün geht nicht.«

»Was? Grün???«

»Farbe. Guck nicht so erschrocken, die kann man wieder rauswaschen. Aber bei deinem komischen Blond, bei dieser sogenannten ›Nicht-Farbe‹ wirkt das nicht. Du sähst aus, als wärst du seekrank. Laß mich mal nachdenken.«

Sie geht einen Schritt zurück, betrachtet kritisch ihr Objekt.

»Wir müssen sie ganz kurz schneiden.«

Sabine hält schützend die Hände über den Kopf.

»Kommt überhaupt nicht in Frage.«

»Schade. Sähe sicher gut aus. Aber irgendwas muß geschehen. Verlassen wir uns eben wieder auf die altbewährten Rastazöpfchen.«

Sabine hat zwar keine Ahnung, was das ist, aber »Zöpfchen« klingt ja nicht schlecht. Also überläßt sie sich geduldig Susannes Händen, die mit Perlen und bunten Bändern agieren. Eine geschlagene Stunde gestaltet sie diesen Kopf, tritt immer wieder einen Schritt zurück, begutachtet, um dann mit einem entschlossenen Griff nach der nächsten Strähne zu greifen. Mit dem Endergebnis ist sie offensichtlich zufrieden. Sie schaut Sabine voller Schöpferstolz an.

»Ich wußte es. Aus dir kann man was machen. Hab ich's nicht schon immer gesagt? Ein Chamäleon.«

Sabine betrachtet sich im Spiegel, diese fremde Person mit dem blassen Gesicht und den schwarz umrandeten Augen und dem tiefroten Mund, der die Haare wild vom Kopf wegstehen. Eigentlich ist das eine lächerliche Frisur, diese vielen Zöpfchen, in die Perlen und Bänder geflochten sind. Aber sie steht ihr, das muß sie zugeben. – Wenn Reinhard mich jetzt sehen könnte, ob er seine Entscheidung bereuen würde? – Wie weit das alles hinter ihr liegt, und dabei ist erst eine Woche seit jenem denkwürdigen Termin beim Notar vergangen. Da muß sie neununddreißig Jahre alt werden, um festzustellen, was ein bißchen Schminke und Verkleidung alles ausrichten kann.

Sie hatte sich in der Vergangenheit schon oft irgendwelchen Tagträumen hingegeben, vor allem während dieser untätigen Zeit nach der Kündigung, die sie hauptsächlich im Bett verbracht hatte. Aber dies hier gehörte ganz bestimmt nicht zu ihrem Repertoire: im Minirock und einem blinkenden Top neben einer grünglitzernden Susanne auf einem höchst unbequemen futuristischen Barhocker zu sitzen. Der Spiegel hinter der Theke zeigt ihr eine Ansammlung von Wasserleichen. Dieses Neonlicht und die in wüsten Schwüngen grüngelb lackierten Wände vermitteln einen ziemlich schonungslosen Blick auf die Menschheit. Warum man sich das antun muß, ist ihr nicht klar, mal ganz abgesehen von diesem High-Tech-Mobiliar. Muß ein Sadist erfunden haben.

»He, träum nicht. Gib mir mal das Foto.«

Sie kann dem Schicksal nicht dankbar genug sein, daß es eine Susanne gibt. Ohne sie wäre sie verloren. Mit einer ungeheuren Lockerheit und Souveränität spricht sie die Leute an, quatscht erst mal über Gott und die Welt, aber spätestens nach zehn Minuten – der Rekord gestern waren zweieinhalb – bringt sie völlig selbstverständlich ihre Frage an den Mann oder die Frau.

»Sag mal, war dieser Robert eigentlich wieder mal hier? Dieser Robert Börgel?«

Und auf die bis heute leider immer gleich gebliebene Reaktion: »Robert? Nee, kenn ich nicht. Wer soll denn das sein?« reagiert sie in einer gekonnten Mischung aus Ärger und Enttäuschung.

»Ist dann wohl ein Irrtum meinerseits. Ich habe neulich eine ganze Nacht lang mit diesem Typen gequatscht. Dachte, das sei hier gewesen. Ich würd ihn gerne wiedertreffen. Pech. Trinken wir noch einen, Sabine?«

Das war ihr Stichwort, auf das sie zu antworten hatte: »Eigentlich bin ich ziemlich müde ...«

Aufseufzend und mit einem bedeutungsschwangeren Blick zu der jeweiligen Person rutscht Susanne dann vom Hocker oder steht vom Stuhl auf, um der lästigen Pflicht zu genügen, dieses langweilige Wesen nach Hause zu bringen. Sie hält das für einen sehr überzeugenden Abgang, der keinesfalls den Verdacht aufkommen läßt, sie wären nur wegen einer ganz bestimmten Frage in dieses Lokal gekommen.

Daß jemand das Foto sehen will, ist neu. Soviel Interesse wurde ihnen bisher noch nicht entgegengebracht. Sabine wühlt in diesem gehäkelten Beutel, ein ausgesprochen unpraktischer Gegenstand, aber für ihre Verkleidung ein »must«, sagt Susanne.

»Hier.« Sie reicht ihr das Bild, das ein nettes Durchschnittsgesicht eines jungen Mannes von schätzungsweise zwanzig Jahren zeigt. Ein Paßfoto, zwei Jahre alt. Ein aktuelleres hatte der Herr Minister leider nicht anzubieten. Der Barkeeper schaut sich das Bild an.

»Nee, den hab ich noch nicht gesehen. Oder?«

Er legt die Stirn in Falten, überlegt.

»Nee, doch nicht. Wie soll der heißen?«

»Robert. Robert Börgel.«

»Irgendwo klingelt's bei mir.«

Er dreht das Foto um, als erwarte er von der leeren Rückseite weitere Aufschlüsse.

»Ich glaub, ich hab den Namen schon mal gehört. Kann es sein, daß schon mal jemand nach dem gefragt hat?«

Sabine hat plötzlich das Gefühl, kleine Eiskristalle würden sich an den Wurzeln ihrer Nackenhaare zusammenklumpen.

»Wann war das? Können Sie sich erinnern? Wie sah derjenige aus? War es ein Mann oder eine Frau?«

Susannes Blick zeigt ihr deutlich, daß das der falsche Text in dem Stück war, das sie ständig neu inszeniert. Der Barkeeper, der seine Aufmerksamkeit ganz auf das Bild konzentriert hatte, zieht sich nach diesem unerwarteten Angriff von links wieder auf seine gesicherte berufliche Position zurück: alles sehen, alles hören, nichts sagen. Er gibt Susanne das Foto zurück, die es wortlos vor Sabine auf die Theke legt. Sie ist anscheinend so wütend, daß sie noch nicht einmal den Standardabgang für notwendig hält. Sie trinkt mit einem Schluck den Rest dieses nicht zu definierenden grünblauen Gesöffs aus, rutscht vom Hocker, sagt nur knapp: »Komm!« und geht hinaus.

Sabine wäre nicht erstaunt gewesen, sie draußen vor der Tür nicht mehr vorzufinden. Sie muß ja noch zahlen, und das dauert seine Zeit. Aber als sie rauskommt, hält Susanne ihr bereits die hintere Tür eines Taxis auf. Sie selbst steigt vorne beim Fahrer ein, mit dem sie gleich ein lebhaftes Gespräch beginnt. Am Zielort steigt sie aus, wartet ungeduldig auf dem Bürgersteig, bis Sabine auch hier die notwendigen finanziellen Transaktionen erledigt hat. Dann nimmt Susanne sie grob am Arm, zieht sie in einen Hauseingang.

»Bevor wir jetzt da reingehen, solltest du dir gründlich darüber im klaren sein, daß wir uns an unsere Verabredung halten müssen. Sonst läuft das nicht. Was du eben gemacht hast, war ausgesprochene Scheiße. Der Kerl war gerade dabei, sein Gedächtnis zu strapazieren, da kommst du mit deinen inquisitorischen Fragen dazwischen. Da könntest du gleich mit einem Megaphon ins Lokal platzen und schreien: ›Ist hier jemand, der Robert Börgel heißt?‹ Mein Gott, du solltest doch eigentlich besser wissen als ich, wie so was läuft. Du bist doch der Profi. Sag mal, hörst du mir überhaupt zu?«

Die ehrliche Antwort wäre: »Nein.« Aber Sabine sagt nichts, ihr ist der Schreck in die Glieder gefahren. Denn gerade als Susanne sie in den Hauseingang gezogen hat, haben zwei Männer das nebenan liegende Lokal verlassen und sind in das Taxi gestiegen, mit dem sie gekommen sind. Sie hat zwar durch das Licht, das aus der Kneipe fiel, die beiden nur als Schattenriß sehen können, aber als sich der eine zu dem Fahrer runterbeugte und fragte, ob er frei sei, fiel ein schräger Lichtstrahl auf das Gesicht des Mannes. Sie hätte schwören können, daß es Sebastian Comás war. Und auch das R in »frei« kannte sie nur von dem Kolumbianer. Eigentlich war diese akustische Erinnerung der Grund gewesen, daß sie überhaupt hingesehen hatte. Aber vielleicht hat sie sich ja auch geirrt. Einen Eid würde sie jedenfalls darauf nicht leisten.

Aber es bleibt ein merkwürdiges Gefühl in ihr zurück, als sie mit Susanne die nächste Vorstellung ihrer Inszenierung am anderen Ort beginnt. Sie merkt, wie erleichtert sie ist, daß dieser Mann, mag es nun Sebastian sein oder nicht, Susannes Darbietung nicht mit ansehen und anhören muß. Sie kommt ihr plötzlich sehr unglaubwürdig vor.

Und auch dieser Abend endet wie die beiden vorherigen. Das Ergebnis ist gleich Null, sieht man mal von der geringen Irritation des Barkeepers ab.

»Aber vielleicht wollte der mir auch nur einen Gefallen tun und alles war nur Show. Tja, Sabine, das sieht nicht sehr gut aus. Kann man beim besten Willen nicht sagen. Das sieht sogar ausgesprochen beschissen aus. Und morgen muß ich weg. Ich laß dich so ungern allein. Aber ich kann es mir nicht leisten, diese Inszenierung sausen zu lassen. Und verschieben geht auch nicht. Ich hab's probiert.«

Sie sitzen, wie die letzten beiden Nächte auch, in der Küche, den von Susanne sorgsam entworfenen Strategieplan auf dem Tisch vor sich ausgebreitet. Die erledigten Positionen werden mit einem entschlossenen Strich abgehakt. Sabine sitzt ihr gegenüber und wünscht sich, sie könnte auch nur annähernd das gleiche konzentrierte Interesse aufbringen. Der unablässige Redestrom rauscht an ihr vorbei, schläfert sie ein.

»Du nimmst dir morgen abend dieses Gebiet vor.«

Ein gelber Kreis wird um das Muster von Linien und Flächen gezogen. Verkehrt herum betrachtet, sieht ein Stadtplan wie ein zufällig arrangiertes graphisches Werk aus. Es gibt direkt neben dem gelben Kreis schon einen roten, etwas weiter weg einen grünen und einen blauen. Sie überlegt, ob die Farbpalette für ihr Vorhaben reicht.

»Meinen Text kannst du ruhig übernehmen. Bei dir klingt der sowieso ganz anders. Die vermuten sicher gleich, daß diese anscheinend so lässig dahingesagten Worte nur ›fake‹ sind. Denk dich ruhig ein bißchen in die Rolle der verlassenen Braut hinein. Dir nimmt man das ab.«

Da hat sie recht. Sabine könnte diesbezüglich einige Referenzen vorweisen.

»Klar, das ist die Idee, der Kerl hat dich sitzengelassen. Und so wie du aussiehst, glaubt man dir sofort, daß du blöd genug warst, dich von dem auch noch schwängern zu lassen beziehungsweise geschwängert worden zu sein. Das ist eine glänzende Idee.«

Sabine bringt es nicht fertig, ihrem »Watson« zu sagen, daß sie schon viel früher auf diesen Gedanken gekommen ist.

»Kannst du auf Kommando heulen?«

Susanne wartet die Antwort erst gar nicht ab.

»Na klar kannst du das.« Sie lehnt sich in ihrem Stuhl zurück, betrachtet mit diagnostizierendem kritischen Blick ihr Gegenüber. »Wie zieh ich dich denn für morgen abend an?« Ganz eindeutig, eine Regisseurin prüft den neuen Aspekt einer Rolle.

»Vielleicht das unmögliche Kostüm, mit dem du hier angerauscht bist. Nee, lieber doch nicht. Da siehst du zu verkleidet drin aus. Außerdem traut man einer solchen Person nicht zu, daß sie den Mut aufbringt und alleine in ’ne Kneipe geht. Zieh die Jeans an, aber nicht das Pailletten-Top. Irgendein T-Shirt. Was mit Öko drauf wär gut. Hast du so was?«

Sabine schüttelt den Kopf.

»Nicht? Mist. Warte mal. Ich glaube, bei mir fliegt noch so ein Ding rum, aus meiner aktiven Demo-Zeit.«

Sie rennt aus der Küche. Sabine sitzt auf ihrem Stuhl, hört, wie nebenan Schubladen aufgezogen werden. Unverständliche Wortfetzen kommen durch die offene Tür zu ihr herüber. Einen Augenblick lang glaubt sie, sie wie Papierfetzen durchs Zimmer schweben zu sehen. Nur nicht überschnappen. Warum hat ihre Tante ihr das angetan? Von dem geerbten Bargeld könnte sie den Vorschuß zurückzahlen, nur ist die Verfügungsgewalt darüber an die gleiche Bedingung wie das gesamte Erbe geknüpft. Sie muß die Detektei weiterführen. Und wenn sie versagt, was ist dann? Wenn durch ihre Unfähigkeit die Kunden wegbleiben, wenn sich ihr Unvermögen rumspricht? Bestimmt wird sich das rumsprechen. Tut mir leid, Herr Minister, ich habe versagt. Ihr Sohn ist für mich unauffindbar. Vielleicht hat er ihren Betrug ja längst gemerkt? Spätestens dann, wenn sie ihm den Auftrag zurückgeben muß, wird ihm strahlend hell ein Licht aufgehen. Sie kann sich an keine Formulierung im Testament erinnern, die sich auf ein eventuelles Scheitern, auf eine Pleite des einst so angesehenen Unternehmens bezieht. Ihre Tante scheint diese Möglichkeit überhaupt nicht in Betracht gezogen zu haben.

»Hier! Wußt ich’s doch.«

Ein blau verwaschenes T-Shirt fliegt in ihren Schoß. Der Pandabär auf der Vorderseite hat auch schon mal bessere Tage gesehen.

»Das ist genau das richtige für dein morgiges Programm. Übermorgen ziehst du dann wieder die Leggings an, dazu meinen Ringelpulli, den, den ich vorgestern anhatte, liegt im Schlafzimmer auf dem Stuhl. Und dann?… Da reden wir noch drüber. Ich ruf dich sofort an, wenn ich in München bin. Und wenn was ist, die Nummer vom Theater liegt neben dem Telefon. Ob ich in meiner Bude auch einen Privatanschluß habe, weiß ich noch nicht. Wenn ja, gebe ich dir das sofort durch. Und jetzt muß ich ins Bett. Ich muß früh raus. Schlaf dich ruhig aus. Du mußt morgen ja wieder frisch und rosig aussehen.«

Sie lacht. »Das schaffst du ja doch nie, und wenn wir noch soviel Schminke nehmen würden, altes Bleichgesicht. Schlaf gut, halt die Ohren steif. Hat Spaß gemacht. Schade, daß ich weg muß. Kann ja sein, du brauchst wieder einmal einen Watson. Wenn ich Zeit habe, jederzeit gerne. Und wie gesagt, die Wohnung steht zu deiner Verfügung. Bleib hier, solange du willst. Ich komme erst in zwei Monaten zurück. Aber so lange wird's ja wohl nicht dauern.«

Und dann wird Sabine in den Arm genommen und an die üppige weiche Brust gedrückt. Sie fühlt sich zum ersten Mal seit langer Zeit wieder wie ein Kind geborgen.

Um so größer ist ihr Verlassenheitsgefühl, als sie von ihrem Sofa aus durch das weit geöffnete Fenster den Nachthimmel betrachtet. Der einzige Stern, der sich links oben in dem langgezogenen Rechteck des Fensterrahmens zeigt, sieht sehr entfernt aus. Sehnsüchtig wünscht sie sich den plätschernden Redefluß von Susanne zurück und ist sehr allein, als kurz darauf aus dem Schlafzimmer die altbekannten Töne zu hören sind. Susanne schnarcht wie ein Ferkel, zwischen den Atemzügen gibt es immer einen kleinen Quietscher. Das hat sie in den letzten beiden Nächten kaum schlafen lassen, denn die Schlafzimmertür steht immer offen. »Sonst krieg ich keine Luft.« Doch jetzt hätte sie sich am liebsten vor das Bett gelegt, um diesem Klang näher zu sein und nicht durch die gesamte Breite des Wohnzimmers getrennt. Sie ärgert sich über ihre kindische Reaktion, und müde ist sie auch nicht. Sie wird bestimmt die ganze Nacht kein Auge zutun können.

Als sie nach ihrer »schlaflosen« Nacht die Augen aufmacht, scheint hell die Sonne ins Zimmer, und der Wecker neben ihr auf dem Beistelltischchen zeigt Punkt zwölf. Das ist doch nicht möglich. Sie hätte geschworen, daß sie keine fünf Minuten... O Gott, sie haben verschlafen.

»Susanne!«

Keine Antwort. Es ist ungewöhnlich still in der Wohnung. Als sie sich aufsetzt, sieht sie den Zettel auf dem Stuhl neben dem Sofa. »Solch einen Schlaf wünsche ich mir auch mal. Tschüs. S.«

Das kann doch nicht wahr sein. Nichts, aber auch überhaupt nichts hat sie gehört.

Warum hat Susanne sie nicht geweckt? Sie hätte gerne mit ihr gefrühstückt, sich noch einmal in der so charakteristischen Redeflut ohne Punkt und Komma alle Anweisungen angehört, sich der bis ins letzte durchdachten Strategie unterworfen. Es hilft nichts, daß sie sich sagt, daß ihre Reaktion völlig kindisch ist. Sie fühlt sich trotzdem von Gott und aller Welt verlassen, hilflos, sich selbst und ihrer Ratlosigkeit ausgeliefert. Wie an einem Rettungsanker hält sie sich an dem T-Shirt mit dem Pandabären fest, und der Ringelpulli, der im Schlafzimmer auf einem Hocker liegt, beruhigt sie auf eine merkwürdige Art und Weise. Zumindest weiß sie, was sie die beiden nächsten Abende tun muß. Und spätestens übermorgen will sich Susanne ja telefonisch melden.

Der Stadtplan mit den Farbmarkierungen liegt noch auf dem Küchentisch, daneben auf einem Zettel noch mal dick unterstrichen die Lokale, die sie heute und morgen aufsuchen muß, sorgfältig mit genauer Adresse und Telefonnummer und mit der jeweiligen Farbe des Stadtbezirks eingerahmt. Und in Rot, ebenso minutiös aufgelistet, der Zeitplan.

Die erste Station heute abend ist ein Irish Pub, für den sie sich sogar eine Stunde Zeit lassen darf. »Wenn du das mit deinem Gewissen vereinbaren kannst, denn die Gruppe, die dort spielt, ist wirklich sehr gut.« Das »Viel Glück. Ich drück dir die Daumen. Dein Watson« auf der Rückseite des Zettels bringt sie fast zum Heulen.

Trübsinnig hockt Sabine am Küchentisch und schaut aus dem Fenster. Am ersten Tag hatte sie diese Aussicht auf die gegenüberliegende Häuserfront noch erheitert. Während ihrer ersten Wochen damals vor langer Zeit in Berlin war sie oft abends allein durch die Straßen gelaufen, fasziniert von den gelb leuchtenden

Fenstern. Aus dem Dunkel heraus hatten diese hellen Rechtecke etwas sehr Heimeliges, Tröstliches, und sie stellte sich die Menschen vor, die dahinter lebten.

Hier und jetzt brauchte sie ihre Vorstellungskraft nicht zu bemühen. Sie hatte im Dunkeln am Fenster gestanden, auch das Wohnzimmer liegt im Seitenflügel, und hemmungslos ihren Voyeurismus ausgelebt. Sie konnte den Menschen völlig ungehindert in die Wohnung schauen. Kaum einer hatte die Vorhänge zugezogen oder die Jalousien runtergelassen.

Am zweiten Abend hatte sie schon das Gefühl, einige Bewohner von gegenüber zu kennen. Ihrem Fenster direkt gegenüber saßen wieder wie vor vierundzwanzig Stunden die beiden Frauen am Tisch und unterhielten sich lebhaft. Eine rauchte. Eine Flasche Chianti, zumindest war es eine entsprechende Korbflasche, stand auf dem Tisch, eine Kerze brannte. Daneben wohnt ein junger Mann, der schon im Bett lag, als sie ihren Beobachtungsposten bezog. Sie brauchte einige Zeit, um festzustellen, daß er nicht allein war, sondern gerade mit einem Wesen schlief, von dem sie nur die Beine sah, die um einen nackten Rücken geschlungen waren. Erschreckt und beschämt war sie einen Schritt ins Zimmer zurückgetreten, um dann jedoch zu ihrem Erstaunen wieder ganz nah an den Fensterrahmen heranzugehen und die beiden weiter zu beobachten.

In der Nacht quälten sie sehr eindeutige Träume, die allerdings nichts mit ihrem ehemaligen Freund zu tun hatten, sondern in denen ein Schafsblick à la Hugh Grant eine Rolle spielte und ein rollendes R.

Jetzt, bei hellem Tageslicht, sieht die Fensterfront dort drüben leer und unbewohnt aus, als seien alle Bewohner über Nacht ausgezogen. Kein Lebenszeichen hinter den Fensterscheiben. Nur im vierten Stock steht ein Fenster einen Spalt offen, aber dahinter versperrt ein schwarzblumiger Vorhang den Blick ins Zimmer, der einzige seiner Art.

Vielleicht sollte sie erst einmal frühstücken? Mit dem Satz »Jetzt mach ich mir ein Käsebrot« hatte sie sich schon als Kind aus so mancher Verzweiflung gerettet.

Susanne hat den Kühlschrank randvoll mit Lebensmitteln

vollgestopft. Offensichtlich nimmt sie an, daß Sabine noch für längere Zeit ihre Wohnung beanspruchen wird. Das macht ihr schlagartig wieder das Hoffnungslose ihrer Situation bewußt. Die Lust aufs Frühstück ist jäh verflogen. Schon der Gedanke an ein Käsebrot verursacht ihr Ekel. Aber wenigstens eine Tasse Kaffee sollte sie trinken. Vielleicht ist sie danach in der Lage, endlich Frau Seibold anzurufen. Für die ist sie ja schon seit Tagen verschollen, denn Susannes Telefonnummer hat sie ihr nicht durchgegeben. Irgendwie widerstrebt ihr das. Sie fürchtet, daß sonst morgens und abends das Telefon klingeln und eine besorgt klingende Stimme nach den Fortschritten fragen wird. Bei dem Stichwort Telefon fällt ihr schwer auf die Seele, daß sie sich immer noch nicht in München bei ihrer Freundin Anna gemeldet hat.

Aber in der Redaktion meldet sich nur ein Herr Schubert, sagt ihr, daß Anna auf dem Weg nach Bonn sei und frühestens in zwei Tagen zurückkomme. Also nichts ist mit ein bißchen freundschaftlicher Anteilnahme, auf die sie, wie sie merkt, gehofft hatte. Die Lust, sich bei ihrer Sekretärin zu melden, ist ihr nun ganz und gar vergangen. Sie weiß nicht, was sie ihr sagen soll.

Am besten, sie geht ein bißchen spazieren. Den Brief an Herrn Minister Börgel mit dem Eingeständnis ihres Versagens kann sie immer noch schreiben. Schließlich ist sie in Berlin und hat von der Stadt bis heute wenig oder gar nichts gesehen. Sie bekommt plötzlich Lust, in »ihre« alte Straße zu fahren, zu sehen, ob es das Haus noch gibt, in dem sie damals ein Zimmer hatte. Wie hieß denn noch das Lokal, in das sie immer mit Paul gegangen ist?

Wäre ich nur, wie ursprünglich vorgesehen, einen Zug später gefahren, hätte mich der Anruf von Sabine noch erreicht. Vielleicht wäre dann einiges anders gelaufen, ich hätte zumindest gewußt, wo ich sie in Berlin hätte erreichen können. Aber ob das einen weiteren Mord verhindert hätte, kann ich nicht beantworten. Damals ahnten ja weder sie noch ich etwas von den Zusammenhängen.

Also sitze ich nichtsahnend im Zug von München nach Bonn und freue mich auf Franziska. Franziska ist schon seit unseren gemeinsamen Schultagen meine Freundin. Sie ist Schauspielerin geworden. Nach dem Abitur hatten wir uns jahrelang nicht gesehen, auch nichts voneinander gehört, bis sie plötzlich eines Abends auf einem Empfang für irgend jemanden vor mir stand. Ich war damals noch die Ehefrau eines sehr angesehenen Juristen, die Zwillinge waren gerade geboren, und ich war ganz Frau und Mutter. Wir verstanden uns gleich wieder so, als wären wir nicht jahrelang getrennt gewesen. Sie war mein Trost, meine Stütze, meine Schulter zum Ausheulen, als meine Ehe nicht so verlief, wie ich es als selbstverständlich vorausgesetzt hatte. Sie machte mir Mut in dem schwierigen Prozeß, mich nach meiner Scheidung auf eigene Füße zu stellen.

In der letzten Zeit sehen wir uns leider nur noch sehr selten. Sie lebt in Hamburg. Aber in unregelmäßigen Abständen bricht sie über uns herein wie ein Naturereignis, sehr zur Freude meiner Kinder, die sie abgöttisch lieben, und zur Erheiterung von Fritz. Ich bin sehr glücklich darüber, daß auch die beiden sich sehr gut verstehen.

Und heute abend soll ich sie wiedersehen, seit langer Zeit einmal wieder auf der Bühne. Sie hat ihr Engagement in Hamburg gekündigt und in Bonn einen Gastvertrag unterschrieben. »Ich hab die Schnauze voll von den festen Engagements, Anna. Ich versuch's jetzt mal als Freie. Wenn das nicht klappt, kann ich mir ja immer noch einen Mann suchen.«

Das Suchen nach dem Mann beschäftigt sie schon so lange, wie wir uns kennen, besonders intensiv dann, wenn sie sich mit einem Regisseur nicht versteht oder sich, wenn sie bei uns zu Besuch ist, von unserem harmonischen Familienleben begeistern läßt. Kunststück, wenn sie da ist, zeigen sich die Meinen immer von ihrer Schokoladenseite. Aber bisher ist er immer noch nicht gefunden, der Mann. Vielleicht, weil sie dem Richtigen wirklich noch nicht begegnet ist oder weil sie im tiefsten Grunde ihres Herzens ihn gar nicht finden will. Ich nehme letzteres an. Weil sie befürchtet, durch eine wirklich beständige Liebe würde sie in einen unlösbaren Konflikt mit der größten Leidenschaft ihres Lebens geraten: dem Theater.

Offizieller Anlaß für meine Reise nach Bonn ist eine Pressekonferenz. Herr Minister Börgel geruhte, einladen zu lassen, und hat auch unsere Zeitung gnädig bedacht, damit auch wir von seinem großen verantwortungsvollen, staatsmännischen Handeln erfahren und die Kunde davon in alle Welt verbreiten. Na, sagen wir mal, zumindest überall dorthin, wo unsere Zeitung gelesen wird. Er hat vor einem Monat mit dem Chef des russischen Abwehrdienstes ein Memorandum ausgehandelt, in dem ein regelmäßiger Meinungsaustausch angekündigt wurde, und nun soll der jüngst erfolgte Austausch dem willfährigen Ohr der Presse vorgetragen werden.

Eigentlich habe ich da gar nichts zu suchen, denn ich bin in Bonn nicht akkreditiert. Der Kollege unseres Büros in der Bundesstadt ist zuständig. Aber unser Chefredakteur hat es sich nicht nehmen lassen, höchstpersönlich, das heißt durch seine Sekretärin, einen Antrag zu stellen, daß ich als Gast teilnehmen darf. Er möchte zwei Eisen im Feuer haben. Ich weiß nicht so genau, was er sich davon verspricht. Seitdem es mir im letzten Jahr einmal gelungen ist, den polnischen Umweltminister und seinen deutschen Kollegen bei einem Treffen in Görlitz zu einem trauten Dreiergespräch zu überreden, sieht er mich sozusagen als Geheimwaffe, die mit einem Überraschungsangriff dem Feind in die linke Flanke fällt. Er ergeht sich gern in solch militaristischen Formulierungen.

Er versäumte nicht, mir bei seiner Unterschrift des Dienstreiseantrages verschwörerisch zuzuflüstern: »Versuchen Sie alles, um den Herrn Staatsminister unter vier Augen sprechen zu können. Ziehen Sie sich was Hübsches an. Der schwarze Minirock steht Ihnen doch sehr gut, bei Ihren Beinen.«

Als Zuhälter würde er sich auch nicht schlecht machen, denke ich mir. Mittlerweile kann ich solche Bemerkungen mit einem gewissen Galgenhumor wegstecken. Vor zwei Jahren wäre dieser Satz für mich ein Kündigungsgrund gewesen. Allerdings war mir das mit dem Minirock damals bei dieser Umweltkonferenz an der Oder auch schon mal gesagt worden, von einem Kollegen, mit dem ich zwei Jahre ein Verhältnis hatte und den ich beinahe geheiratet hätte. Dieser Peter hat sich auch schon lange nicht mehr gemeldet. Wie es ihm wohl geht? Vielleicht ist er morgen ja auch da.

Egal, Minirock hin und Exklusivinterview her, im Augenblick verspüre ich für meinen Chef und natürlich für Herrn Minister Börgel eine große Sympathie. Nett von ihm, daß er sich als Termin für seine Pressekonferenz ausgerechnet dieses Datum ausgesucht hat. In diesem Monat gibt es nämlich nur zwei Vorstellungen von »Drei Schwestern« von Anton Čechov, in dem Franziska die Mascha spielt. Ihr Freudenschrei, als ich ihr heute morgen mein Kommen ankündigte, zerriß mir fast das Trommelfell. Mit geheimnisumwitterter Stimme versprach sie mir eine ganz besondere Überraschung. Was das nun wieder sein wird? Vielleicht doch endlich der Mann fürs Leben? Oder vielleicht ist sie schwanger? »Die biologische Uhr läuft. Ich muß mich entscheiden«, hatte sie mir vor kurzem am Telefon gesagt.

Die Überraschung entpuppt sich dann allerdings als etwas wirklich ganz und gar nicht Erwartetes. Mit schweißnassen Händen sitze ich im Zuschauerraum und schaue zitternd und bangend dieser Mascha zu, die ich schon seit der Zeit, als sie deklamierend vor der Klasse stand, liebe. Und sollte das Publikum nicht bereit sein, Franziska als die größte aller Schauspielerinnen mit mir zu feiern, werde ich jeden einzelnen mit meinen bloßen Händen erwürgen. Ich bin so aufgeregt, es ist schlimmer als bei meinem Examen. Und dann tritt ER auf, Oberstleutnant Werschinin, der Mann, den Mascha hoffnungslos, aber um so leidenschaftlicher liebt. Und dieser Werschinin ist niemand anders als Hans. Hans, der mich in einen Weinkrampf stürzte, als er mir kurz nach meiner Scheidung auf einem Fest sagte: »Ich möchte mit dir schlafen.« Der mich geduldig dazu gebracht hatte, die körperliche Nähe eines Mannes wieder zuzulassen, mit dem ich einen unvergeßlichen Urlaub auf einer süditalienischen Insel verbrachte, den ich hätte lieben können, wenn er es nur zugelassen hätte, und an den ich, seit ich Fritz kennengelernt habe, kaum noch gedacht hatte. Und wenn, dann mit einer wehmütigen Sehnsucht, einer unerklärlichen Trauer.

Er ist nicht mehr so schlank, wie er einmal war, auch die Haare sind etwas lichter geworden, und trotzdem, als er mir nach der Vorstellung in der Kantine mit seinem Lächeln entgegenkommt und mich in die Arme nimmt, ist er mir so vertraut, wie ich es niemals für möglich gehalten hätte. Seine Wärme, sein Geruch, seine Stimme. Schlagartig wird mir bewußt, daß sich in all den Jahren wie unter einer Glasglocke ein Gefühl erhalten hat, das ich nur als eine große Zärtlichkeit benennen kann. Ich bin so irritiert, so mit diesem Phänomen beschäftigt, daß ich fast vergesse, Franziska, die ich vor der Vorstellung nicht mehr hatte treffen können, zu begrüßen. Doch sie, die freudestrahlend die gelungene Überraschung beobachtet, begreift fast noch schneller als ich. »Auweia«, ist ihr zutreffender, lapidarer Kommentar.

Ich rede zuviel und zu schnell. Gott sei Dank gibt es ein unverfängliches Thema: die Aufführung. Da mir beide so ausnehmend gut gefallen haben, gibt es Gesprächsstoff genug. Und trotzdem bin ich mir die ganze Zeit, während ich mich reden und lachen höre, mit allen Sinnen seiner Nähe bewußt, denke und fühle nur das.

Hans ist kurzfristig für einen erkrankten Kollegen eingesprungen. Erst gestern abend hatte man ihn erreicht, und am späten Nachmittag ist er angekommen. Mehr als eine kurze Stellprobe war nicht drin. Ich habe nichts von irgendwelchen Unsicherheiten gemerkt. Für mich war es eine perfekte Ensembleleistung.

»Gelernt ist eben gelernt.« Franziska klopft Hans anerkennend auf die Schulter. »Schließlich hat er die Rolle ja drauf.« Und mit einem Lächeln zu mir: »Aber du bist auch ein dankbares Publikum, weil du uns beide liebst.«

Sie zieht hörbar den Atem ein. Verlegen, weil ihr dieses Wort rausgerutscht ist, schaut sie uns beide an, um dann entschieden zu bekräftigen: »Verdammt noch mal, ist doch wahr.«

Ich merke erst jetzt, daß Hans seine Hand auf meine gelegt hat.

Wie lange sie schon da liegt? Ich weiß es nicht. Es kommt mir so selbstverständlich vor. Franziska sieht sich um.

»Ich weiß ja nicht, wie es euch geht, aber mir ist es hier zu laut. Und außerdem, wenn mir was an die Seele geht, krieg ich immer Hunger. Kommt, ich lade euch ein. Ich kenne einen Spanier, der macht die köstlichste Paella, die ihr euch vorstellen könnt.«

Wir beide sagen gar nichts, stehen nur auf und folgen ihr, dankbar, daß sie die Führung übernimmt und uns durch das Wort »Paella« ein Stück der Realität näher bringt. Durch ihre Gegenwart ist das, was mir passiert, wirklich etwas ganz Normales. Es gibt kein Wenn und kein Aber, kein Ausklammern meiner Liebe zu Fritz, keine Schuldgefühle. Es ist so einfach, wie es einfacher nicht sein kann. Es ist und es wird alles gut. Dieses kindliche Gefühl habe ich nie so deutlich gespürt wie jetzt, und es verläßt mich auch nicht, als Hans wie selbstverständlich mit in mein Hotel kommt, nachdem wir stundenlang am Rhein spazierengegangen sind. Franziska hatte uns nach der wirklich sehr köstlichen Paella umarmt und allein gelassen.

Jetzt ist es schon hell, und ich erinnere mich dunkel, daß gleich um neun Uhr die Pressekonferenz eines Staatsministers beginnt. Zum Teufel mit Herrn Börgel!

Wortwörtlich das gleiche denkt Sabine Reichert auch in diesem Moment, und der Grund ist ein ähnlicher. Um genau zu sein, es ist der gleiche. Und dahin zu kommen, es zu denken und zu sagen, hat auch mit einer Überraschung zu tun.

Sie liegt hellwach in Susannes Bett und sieht zu, wie die Morgensonne sich langsam über das gegenüberliegende Dach schiebt. Und mit einer Zuversicht, die sie seit ihren Kindertagen nicht mehr gespürt hat, horcht sie auf den Atem des Mannes an ihrer Seite, spürt seinen Arm, der sie festhält, und ist seltsam gerührt, daß er sie auch im Schlaf nicht losläßt.

Sie will Schritt für Schritt noch einmal jede Stunde, lieber jede Minute erinnern, die dazu geführt hat. Ganz langsam will sie sich dem Abend nähern, dieser Begegnung. Also fängt sie mit dem Mittag an, mit den Stunden, die sie durch Berlin gelaufen ist. Am Kanal ist sie gewesen, hat lange unter einem Baum gesessen und den Enten und Schwänen auf dem grünbraunen Wasser zugesehen. Und so wie die Sonne langsam ihre Beine hochkroch und sie wärmte, hatten sich die Gefühle von Einsamkeit, Versagen und Ratlosigkeit verflüchtigt und einer merkwürdigen Gewißheit Platz gemacht.

In den Görlitzer Park hatte sie der Geruch von würzigem Fleisch auf Holzkohlenfeuer gelockt, und während sie den zahlreichen türkischen Familien zuschaute, die auf der Wiese saßen und ihr Mittagessen zubereiteten, hatte sie genüßlich auf einer Bank einen randvollen Becher mit Eis verzehrt. Dann war sie mit der U-Bahn bis zur Kurfürstenstraße gefahren und hatte es als sehr tröstlich empfunden, daß die Station in zwanzig Jahren ihr Gesicht nicht verändert hat. Auch der Hinterhof in »ihrer« Straße ist ihr noch sehr vertraut. Wenn das Vorderhaus auch neu verputzt ist, die Wand des Seitenflügels hat noch mehr Flecken als damals, durch die das nackte Ziegelwerk zu sehen ist. Die Fensterrahmen ihres alten Zimmers oben im vierten Stock sind frisch lackiert. Sicher würden die Wände nicht mehr im Wechsel schwarz und tiefviolett gestrichen sein. Sie hatte das damals für ausgesprochen existentialistisch gehalten und ihrem beginnenden Starruhm absolut angemessen. Ein zärtliches Gefühl für diese Person, die sie damals war, erfaßt sie. Sie muß den Stamm des verkrüppelten Akazienbaumes streicheln, der immer noch dürr und halb kahl ums Überleben kämpft. Damals hatte es zu seinen Füßen noch einen grünen Plastikteich gegeben, von dem nichts mehr zu sehen ist. Aber rings um das schmale Geviert hat jemand ein paar Blumen gepflanzt.

Sie widersteht der Versuchung hinaufzugehen, zu klingeln und darum zu bitten, ob sie einen Blick in die Wohnung werfen dürfe. Es interessiert sie plötzlich sehr, zu wissen, ob das Bett immer noch an der gleichen Stelle steht und man vom Kopfkissen aus über dem gegenüberliegenden Dach den Mercedesstern sehen kann. Paul und sie hatten im Dunkeln oft da gelegen und kindische Geschichten um dieses sich drehende neonblaue Statussymbol gesponnen, das sie damals aus tiefster Seele zu verachten gezwungen waren. Paul. Ob sie ihn, wenn er plötzlich auf der Straße vor ihr stünde, wiedererkennen würde? Vielleicht geht er ja immer noch in ihr altes Stammlokal zum Abendessen?

Aber das gibt es nicht mehr. An der Stelle ist jetzt eine Pizzeria, und die hat gar keine Ähnlichkeit mit den Räumen ihrer Erinnerung. Plötzlich merkt sie, wie hungrig sie ist. Kein Wunder, schließlich hat sie außer dem Eis den ganzen Tag noch nichts gegessen.

Die Pizza ist gut, der Rotwein auch. Sie ißt bewußt ganz langsam, um den Moment hinauszuzögern, in dem sie sich wieder der unmöglichen Forderung stellen muß, die ihre Tante ihr auferlegt hat.

Als sie die Rechnung kommen läßt und um eine Quittung bittet, ist das Wohlgefühl der letzten Stunden verschwunden. Sie fürchtet sich, allein in die leere Wohnung zurückzugehen, spürt plötzlich Ängste, die es ihr unmöglich machen, sich dieser Mutprobe zu stellen. Wieso soll sie denn überhaupt noch mal in die Wohnung fahren? Nur um sich umzuziehen? Was braucht sie das T-Shirt mit dem Pandabären? Die weiße Bluse tut es doch auch. Nur gut, daß sie heute mittag schon die Jeans angezogen hat. Also kann sie doch gleich von hier aus ihre Tour starten. Sie bestellt noch einen Viertelliter Rotwein, nimmt nur kleine Schlucke, läßt sich dazwischen sehr viel Zeit. Hier sind Menschen, hier wird gelacht und geredet. Hier fühlt sie sich nicht so unerträglich verlassen.

Sie geht den Weg nach Steglitz zu Fuß. Das gibt ihr Zeit, sich vorzubereiten. Trotzdem steht sie sicher zehn Minuten lang unentschlossen vor der Tür, geht auf dem Bürgersteig auf und ab, als würde sie auf jemanden warten. Es ist albern, aber das Herz schlägt ihr bis zum Hals. Sie ist noch nie allein in ein Lokal gegangen. Sie weiß nicht, woher sie den Mut nehmen soll, die Tür aufzustoßen und hineinzugehen. Aber Susanne rechnet fest damit, daß sie es allein schafft. Sie zählt bis zwanzig, holt tief Luft und öffnet die Tür.

Drinnen ist es noch verhältnismäßig leer. An einem Tisch sitzen vier Frauen, sehr junge Frauen. Das macht es ihr nicht leichter, genausowenig wie das Pärchen in der Ecke, das sich leidenschaftlich küßt. An der Bar sitzt ein einzelner Gast, ein Mann in Jeans und T-Shirt. Vor ihm steht ein halbvolles Bierglas. Er sieht sehr ungepflegt aus, als hätte er sich seit Tagen nicht mehr rasiert. Aber vielleicht trägt man das jetzt in Berlin. Seine randlose Brille ist bis auf seine Nasenspitze vorgerutscht. Wahrscheinlich ein Student.

Auf dem kleinen Podest im Hintergrund stimmen drei Musiker ihre Instrumente, Fiddel, Gitarre und Akkordeon. Hinter der Theke aus dunklem Holz steht ein Mädchen in einem hautengen schwarzen Schlauchkleid, das bis knapp über den Hintern geht, und spült Gläser. Ihre Lippen sind violett geschminkt, ihre Haare auf der einen Seite ungefähr nur einen Zentimeter lang und schwarz, auf der anderen fallen sie grün bis auf die Schultern. Sabine steht immer noch unschlüssig im Raum, zwei Schritte von der Tür entfernt.

Was soll sie machen? Sich allein an einen Tisch setzen. Oder doch lieber an die Bar? Jetzt hebt das Mädchen den Kopf und schaut sie an.

»Hallo.«

Diese fünf Buchstaben sind wie eine Erlösung. Sabine nimmt sich den Barhocker, der zwischen Tresen und Wand geklemmt ist, so weit weg wie möglich von dem Bärtigen.

»Was willst du trinken?«

Daran hat sie sich auch gewöhnen müssen. Doch dank Susanne weiß sie, daß man in den meisten Kneipen Berlins alle Menschen grundsätzlich mit du anredet, ganz egal, wie alt sie sind.

»Ein Guinness bitte.«

Lieber hätte sie ja ein Wasser bestellt, aber das kommt ihr in dieser Umgebung doch etwas merkwürdig vor. Ihr gefällt dieser Pub. Sie ist noch nie in Irland gewesen, aber genauso hat sie sich die Kneipen dort immer vorgestellt, die Wände in diesem fast schwarzen Holz, die blankgeputzten Messinglampen, die kleinen runden Tische. Und überall verblichene Spiegel.

Eine leise Melodie steht plötzlich im Raum, so, als käme sie von sehr weit her. »It's the last rose of summer, left blooming alone...« Der Klang der Fiddel ist seltsam hell und klar. Der mit dem Bart und der Brille, beruhigende drei Barhocker von Sabine entfernt, hebt, ohne nach dem Musiker zu schauen, abwehrend die linke Hand und sagt zu dem schwarz-grünen Wesen hinter der Theke: »Das Übliche. Schreib's auf meine Rechnung.« Noch einmal eine entschiedene Geste zu dem Musiker hin, und die Melodie bricht ab.

»O bitte, nein!«

Ihre Stimme kommt Sabine unangemessen laut vor, aber sie möchte das Lied gern zu Ende hören.

»Bitte, auf den Wunsch einer einzelnen Dame das Ganze in seiner unerträglichen Länge.«

Die Hand hebt sich wie die eines Dirigenten und senkt sich gebieterisch, und die Fiddel beginnt von neuem. Der Mann an der Theke hat währenddessen seine Haltung nicht geändert, sich nicht gerührt, sieht man einmal von der Bewegung seines linken Unterarmes ab. Das Mädchen zapft drei Krüge Bier und bringt sie den Musikern. Dann kommt sie zurück, stellt Sabine ein Glas mit der gleichen dunklen Flüssigkeit hin und zündet sich eine Zigarette an. Das Lied ist zu Ende, die drei greifen nach ihren Krügen, heben sie hoch und dreifach klingt es: »Dem edlen Spender unseren verbindlichsten Dank.«

Auch jetzt dreht der Bärtige nicht den Kopf, bleibt unbeweglich sitzen. Wieder reagiert nur die linke Hand mit einer Geste, die Sabine mit »Schon gut, schon gut« übersetzen würde. Ein merkwürdiger Mensch.

»Zum ersten Mal hier?«

Fast hätte Sabine die Frage mit Ja beantwortet, aber wie hätte sie dann ihren vorgegebenen Text loswerden können. Also lächelt sie das Mädchen an und versucht, einen leise vorwurfsvollen Ton in ihre Stimme zu legen.

»Nein. Erinnerst du dich nicht? Ich war erst letzte Woche hier.«

»So?« Das klingt zweifelnd. »Wann soll denn das gewesen sein?«

»Vor ein paar Tagen. Ich hab da drüben an dem Tisch gesessen«, vage deutet sie in den Raum, »und mich die ganze Nacht mit einem Typen unterhalten. Robert hieß der. Robert Börgel. Netter Kerl. War der eigentlich noch mal hier?«

Eine grüne Strähne wird aus dem Gesicht gepustet. Sabine kann die Gedanken wortwörtlich auf dem Gesicht ablesen.

»Wer?«

Den Ton kennt sie. Dieses vorsichtige Abwarten, weil man sich noch nicht im klaren darüber ist, wie man mit dieser merkwürdigen Person in der biederen weißen Bluse umgehen soll.

»Robert Börgel.«

»Kenn ich nicht.«

Sabines »So« ist identisch mit dem des Mädchens hinter der Theke, leise zweifelnd. Die Antwort darauf ist nur ein Blick mit der eindeutigen Botschaft »Laß mich in Ruhe«.

Die Tür geht auf, und ein Pulk lärmender, lachender Menschen kommt herein, wird erleichtert mit »Hallo« begrüßt. Und jetzt geht es Schlag auf Schlag. Es dauert keine zehn Minuten, und das ganze Lokal ist dicht gefüllt. Und immer noch mehr drängen herein. Wo kommen bloß all die Menschen her? Sabine ist froh, daß sie ihren Platz in der hintersten Ecke hat, die Wand im Rücken gibt ihr Sicherheit. Das Mädchen beachtet sie nicht weiter. Sie zwängt sich durch die Menge, nimmt Bestellungen auf. Der Ton ist familiär. Offensichtlich treffen sich hier immer die gleichen Leute. Hinter der Theke steht jetzt ein blasser, magerer Mensch und zapft in einem ungeheuren Tempo Guinness.

Sabine schaut auf die Uhr. Eine Stunde Zeit hat Susanne ihr gegönnt. Doch warum soll sie die hier absitzen? Sie hat doch nichts erreicht. Sie könnte genausogut gehen. Aber die Melodie würde sie gern noch einmal hören, auch gern wissen, ob die drei wirklich so gut sind, wie Susanne gemeint hat. Aber vor allem will sie nicht allein raus ins Dunkle. Sie könnte sich ein Taxi bestellen, aber im Augenblick weiß sie nicht, ob sie noch einmal die Kraft aufbringen wird, allein in ein Lokal zu gehen, um diesen schwachsinnigen Text abzuliefern. Es ist doch sowieso hoffnungslos.

Sie merkt, daß jemand sie anschaut, es ist der Bärtige mit der

Brille. Er deutet fragend auf ihr leeres Glas, und sie nickt. Er greift über den Tresen, nimmt zwei von den frisch gezapften Bieren und kommt auf sie zu, drängt sich durch die Menge, die beiden Gläser mit hocherhobenen Armen über dem Kopf. O nein, das nicht. Sie hat keine Lust auf Anmache, am liebsten würde sie davonlaufen, aber diese Blöße kann sie sich doch nicht geben.

Er stellt die beiden Biere vor sie hin, dreht sich zu einem jungen Mann um, der auf dem Barhocker neben Sabine sitzt, tippt ihm lässig auf die Schulter und sagt, als wäre es das Selbstverständlichste von der Welt: »Entschuldige, den brauche ich.«

Und der Mensch steht auf und macht Platz. Der Bärtige setzt sich neben Sabine. Sie wartet, aber er schweigt.

»Danke für das Bier.«

Er nickt nur. Warum sagt er nichts? Macht sich die Mühe, ihr ein Guinness zu bringen, sitzt dicht neben ihr, so dicht, daß sie sich kaum zu bewegen wagt, weil ihre Knie sonst aneinanderstießen, hat die Arme auf die Theke gestützt und starrt stumm die Wand an. Ist ihr eigentlich auch lieber so.

Sie braucht eine Weile, um zu merken, daß er sie die ganze Zeit beobachtet, im Spiegel hinter dem Regal mit den Flaschen an der Rückwand. Als sich ihre Blicke in dem vom Rand her schon eingetrübten Glas treffen, lächelt er, ohne sie aus den Augen zu lassen. Sie mag dieses Lächeln, obwohl irgend etwas daran sie irritiert. Jetzt weiß sie es. Er verzieht nur den Mund, lächelt nicht wirklich, und die Augen über der randlosen Brille sind sehr wachsam, abschätzend. Sie spürt, wie sie rot wird. Jetzt wendet er den Kopf, schaut ihr ins Gesicht.

»Wie heißt du?«

»Sabine.« Pause. »Und du?«

»Rolf.«

Warum sieht er sie nur dauernd an? Ihr ist das unangenehm. Wie alt mag er sein? Schwer zu schätzen bei diesem Gestrüpp in seinem Gesicht. Aber einige Jahre jünger als sie ist er auf jeden Fall. Sie hat das Gefühl, unter seinem Blick vertiefen sich ihre Falten zusehends, entlarven ihr wirkliches Alter.

»Und du warst vor ein paar Tagen schon mal hier?«

»Ja.«

Warum lächelt er denn jetzt wieder, diesmal auch mit den Augen?

»Komisch, daß ich mich nicht an dich erinnern kann. Ich bin fast jeden Abend hier, und mein Gedächtnis für Gesichter ist sehr gut.«

»Ich habe gelogen. Ich war noch nie hier.«

Sie kann es nicht fassen. Warum sagt sie ihm das?

»Und warum?«

Glücklicherweise konzentriert er seine Aufmerksamkeit jetzt wieder auf sein Bier.

»Was, warum?«

»Warum hast du gelogen?«

Weil ich es im Leben noch zu nichts gebracht habe, weil Susanne sich diesen Text ausgedacht hat, weil ich einen Menschen suchen soll, dessen Vater von ihm eine Mappe mit wichtigen Unterlagen zurückhaben will. Was weiß ich, aus welchem Grund. Es interessiert mich auch gar nicht. Aber es muß mich interessieren, weil meine Tante es so wollte. Alles das hätte sie ihm antworten müssen. Statt dessen sagt sie sehr kühl: »Weil ich Robert Börgel finden muß.«

»Und warum mußt ausgerechnet du diesen ... wie heißt er noch ...?«

»Robert Börgel.«

»... diesen Robert Börgel finden?«

»Weil ich Detektivin bin und mich sein Vater damit beauftragt hat.«

»Dich?«

Pause. Dann hält es ihn nicht mehr. Sein Gelächter übertönt mühelos das Stimmengewirr im Lokal. Als hätte man auf einen Schalter gedrückt, verstummt jäh jedes Geräusch. Alle Köpfe wenden sich ihnen zu. Sie beide sind das Zentrum des allgemeinen Interesses. Es dauert nur einen Moment, aber Sabine kommt es vor wie eine Ewigkeit. Dieser Rolf japst nach Luft, wischt sich die Tränen aus den Augen.

»Entschuldige, entschuldige bitte. Das wollte ich nicht, aber... Ach, lassen wir das. Bitte, entschuldige.«

Er muß es nicht wiederholen. Wieso soll er sich entschuldigen? Er hat ja so recht. Das Ganze ist eine Farce. Daß sie sich darauf eingelassen hat, ein Schwachsinn. Morgen früh macht sie Schluß damit. Sie wird den Notar anrufen und ihm sagen, daß sie die Bedingungen des Testaments nicht erfüllen kann. Irgendwie wird sie sich schon durchschlagen. Irgend jemand wird doch eine technische Zeichnerin gebrauchen können.

Dieser Rolf hat ihre Hand genommen, hält sie fest und bittet noch einmal: »Bitte, entschuldige. Das war sehr unfein von mir. Wenn du möchtest, erzähl mir von deinem Auftrag. Oder geht das wider deine Standesehre?«

Obwohl sie sich sicher ist, sich völlig unprofessionell zu verhalten, erzählt sie ihm alles, von dem Tod ihrer Tante, von dem Testament, von der Trennung von ihrem Freund, von dem Verlust ihrer Arbeit und auch von ihrem kurzen Auftritt in dieser Stadt vor zwanzig Jahren, von der Liebe zwischen Paul und ihr und dem unglücklichen Ende. Und auch von dem unverantwortlichen Handeln ihrer Mutter. Kurz, sie erzählt ihm ihr ganzes Leben. Und er hört zu. Er hört sehr konzentriert zu. Und die ganze Zeit hofft sie, er möge noch einmal lächeln. Doch das tut er erst viel später, erst nachdem sie beide stumm der Musik zugehört haben, nachdem er, sie weiß nicht mehr wie oft, dafür gesorgt hat, daß ihre Gläser wieder gefüllt werden. Erst dann, als er sie fragt:

»Und wo suchen wir deinen Robert Börgel jetzt?«

Sie hört nur das »Wir« und ist ungeheuer erleichtert, nicht allein durch diese Tür dort hinausgehen zu müssen, sich nicht allein im nächsten Lokal mit ihrem Scheitern auseinandersetzen zu müssen. Sie ist so dankbar, sie möchte ihn am liebsten umarmen.

»Du gehst mit?«

»Na klar.«

Da hat sie zum ersten Mal das kindliche Gefühl »Jetzt wird alles gut«.

Trotzdem überrascht es sie sehr, als er, kaum daß sie die Tür der Kneipe hinter sich zugezogen haben, sie plötzlich in den Arm nimmt und küßt. Erst vorsichtig, abwartend, und als er merkt, daß sie nichts dagegen hat, intensiver, leidenschaftlicher. Sie weiß plötzlich, daß sie sich in den letzten Stunden nichts anderes gewünscht hat. Sie spürt nur noch ihn, sieht auch nicht die beiden Männer, die in dem Moment, als sie und dieser Rolf auf die Straße getreten sind, aus einem Taxi steigen und in den Pub hineingehen. Der eine wirft einen kurzen Blick auf das sich küssende Paar und lächelt. Man könnte sagen, seine Augen haben eine gewisse Ähnlichkeit mit denen von Hugh Grant.

Rolf hält sie lange fest, läßt sie dann zögernd los, schaut kurz zur Eingangstür, dann nimmt er sie an der Hand und rennt los. Wohl oder übel muß sie mit. Erst zwei Straßen weiter bleibt er stehen, nimmt sie wieder in die Arme und fragt:

»Was machen wir jetzt?«

»Aber …«

»Ach so, ich weiß, dein Pflichtprogramm. Muß es wirklich sein?«

»Ja.«

»Bringen wir es hinter uns. Unter einer Bedingung. Wir gehen zu Fuß. Ich möchte mit dir spazierengehen.«

Alles, alles will sie tun, wenn er sie nur nicht allein läßt. Es ist so schön, durch eine Stadt zu laufen, die nicht schläft. Es ist noch warm. Die Menschen sitzen draußen, und sie geht mit diesem Mann, von dem sie nichts weiß, außer daß er Rolf heißt, durch die nächtlichen Straßen und hält seine Hand. Er, den sie für einen wortkargen Sonderling gehalten hat, erzählt ihr ununterbrochen Geschichten. Von den Menschen, die ihnen entgegenkommen, muß sie sich ein Gesicht aussuchen, und er erfindet dazu eine Biografie. Es sind alles sehr abenteuerliche Konstruktionen. Und er erfindet sie beide, ein Paar, das sich schon seit dem Sandkasten kennt. Er hat ihr immer seinen Kaugummi geschenkt, aber sie hat nichts von ihm wissen wollen. Er hat ihr in der Schule Liebesbriefe geschrieben, sie hat ihn ausgelacht. In der Uni hat er ihr neben sich einen Platz freigehalten, sie hat sich neben einen anderen gesetzt. Aber er hat geduldig gewartet, weil er wußte, eines Nachts würde er mit ihr Hand in Hand durch Berlin gehen. Nur schade, daß sie außerdem in diversen Kneipen diese störende Frage nach einem gewissen Robert Börgel stellen müssen. Rolf bleibt stehen, grinst sie an, dann wird er ernst, zieht sie an sich.

»Sag mal, hast du eigentlich ein Zuhause? Ich möchte gern mit dir allein sein.«

Sie hat ihren Kopf an seine Schulter gelehnt und möchte immer so stehenbleiben.

»Ich bin neununddreißig.«

Er nimmt ihr Gesicht in seine beiden Hände, schaut sie an und schüttelt lächelnd den Kopf.

Und jetzt ist es hell, und er ist immer noch da. Sie sieht ihn an. Er bewegt sich nicht, hat die Augen geschlossen.

»Was denkst du?«

Seine Stimme hört sich noch sehr verschlafen an.

»Daß ich glücklich bin.«

»Schön. Und wo ist das Problem?«

»Ich müßte mich bei meinem Büro melden. Mein Auftraggeber wartet auf eine Nachricht.«

»Laß ihn warten.«

Er nimmt die Hand von ihrer Hüfte, streichelt ihre Brust.

»Du siehst doch, wir haben Wichtigeres zu tun.«

Er hat ja so recht. Zum Teufel mit Herrn Börgel.

Alles schön und gut, und richtig war es auch, aber ich bin zu spät. Ich sehe gerade noch den Herrn Minister mit seinem Begleitschutz durch die sich automatisch öffnende Schiebetür verschwinden, als ich mit hängender Zunge am Bundespressehaus ankomme. Dabei habe ich mir auf dem Weg hierher schon sehr genau meine Strategie überlegt. Ihn abfangen, schließlich muß er ja bis zum ersten Stock zu Fuß gehen. Sicher, da lauern auch schon die meisten meiner Kollegen. Denn nicht nur ich habe den sehnlichen Wunsch nach einer Privataudienz. Aber auf der Treppe hätte sich vielleicht eine Möglichkeit ergeben. Wer weiß. Irgend etwas wäre mir schon eingefallen. Ich verlasse mich da gern auf meine spontanen Ideen. Doch jetzt kann ich ihm nur noch hinterherhecheln und mich brav mit dem ganzen Pulk in den Saal hineindrängen. Der Bonner Kollege sitzt vorn in der ersten Reihe, winkt mir und deutet auf den leeren Platz neben sich. Aber ich bleibe lieber im Hintergrund. Da habe ich mehr Handlungsspielraum. Ich muß mir was einfallen lassen. Aber es ist so schwer. Ich habe noch die Stunden mit Hans im Blut und ihm Gehirn und im ... ach, einfach überall. Ich versuche immer noch, es zu begreifen. Daß einem ein Mensch, den man Jahre nicht gesehen hat, so vertraut sein kann. Daß das Miteinanderreden, das Miteinanderschlafen, das Zärtlichsein so selbstverständlich ist. Und auch das Wissen, daß diese Begegnung, herausgenommen aus der Zeit, etwas Eigenständiges ist, nicht lebbar und doch so intensiv gelebt. Daran denke ich und betrachte völlig ohne jedes Interesse, wie die Herren vor der holzverkleideten Wand Platz nehmen, der Vorsitzende der Bundespressekonferenz, Herr Börgel und sein persönlicher Referent. Ich kenne das ja alles schon. »... ich eröffne hiermit, begrüße ..., freue mich ..., das Wort hat der Herr Minister ...« Was weiß er denn? Erfolg! Natürlich. Bekämpfung der international organisierten Kriminalität, des Terrorismus und des Nuklearhandels! Verstärkte deutsche Kontrollen. Der russische Präsident hat strengere Vorschriften für Lagerung, Transport und Einsatz von radioaktivem Material erlassen! Stärkere Grenzkontrollen werden durchgeführt! Binnen der nächsten beiden Wochen soll eine Regierungskommission gebildet werden, die im ganzen Land Lagerung und Registrierung von Nuklearmaterial untersuchen soll. Und auf all diese klugen Ideen hat ihn natürlich unser Herr Minister Börgel gebracht. Nach seinen Überlegungen sollen die Gespräche später im Rahmen der regelmäßigen G-7-Treffen der Staats- und Regierungschefs der führenden Wirtschaftsnationen fortgeführt werden. Die deutsch-russische Zusammenarbeit wird verstärkt. Klingt alles sehr überzeugend. Aber ich habe das Gefühl, all das, was da vorn geredet wird, hat mit der tatsächlichen Gefährdung gar nichts zu tun. Ich denke an Geisterbeschwörung, Voodoo-Zauber, Amulette und Weihwasser, mit deren Hilfe man die Geister zu bannen versucht. Niemand nennt die konkrete Gefahr beim Namen, kein Konzept, keine Strategie, wie man ihr begegnen könnte. Da vorn wird nur heiße Luft produziert. Ich würde liebend gern damit zündeln. Diese Chance bekomme ich dann allerdings ziemlich unverhofft.

Eine halbe Stunde lang höre ich mir diese Selbstbeweihräucherung an, dann überwiegt der Wunsch, unten von unserem Büro aus Hans anzurufen, der sicher immer noch in »meinem« Bett liegt, seine Stimme zu hören, mich zu vergewissern, daß er wirklich noch nicht abgereist ist, sondern uns wie versprochen noch diesen Nachmittag, den Abend und die Nacht schenkt, zu erfahren, wo wir uns mit Franziska treffen werden. Mit einem Wort, die wirklich existentiellen Dinge des Lebens zu klären.

Natürlich hat er noch geschlafen, natürlich sagt er mir Dinge, die in dem Ambiente, in dem ich mich gerade befinde, überhaupt keinen Platz haben und von denen ich im Moment nicht genug hören kann.

»Hier ist weiter nichts mehr für mich zu tun. Ich komme gleich. Dann kannst du mir das alles noch einmal persönlich sagen.«

Er hat recht, ich bin unersättlich. Sozusagen als Buße für mein pflichtvergessenes Denken und Handeln, als eine Art Reue und Vorsatz rufe ich in München die Redaktion an, um schon einmal dezent darauf hinzuweisen, daß es mit dem Exklusivinterview wohl nichts werden wird.

Was mir dann allerdings mein Kollege Schubert erzählt, drängt selbst mein außergewöhnliches Liebeserlebnis in den Hintergrund.

»Gut, daß du anrufst. Ich hab es schon ein paarmal versucht. Wieso ist denn keiner im Büro?«

Das weiß ich auch nicht, wenn es mir auch sehr recht war, den Raum leer vorzufinden.

»Es gibt da eine ganz heiße Geschichte.«

Was er mir erzählt, ist so abenteuerlich, ich weigere mich zuerst, es zu glauben.

»Amtlich ist das alles noch nicht. Das heißt aber nichts. Denn ich kann mich auf meinen Informanten eigentlich hundertprozentig verlassen. Es wäre ja nicht das erste Mal, daß die Staatsanwaltschaft und die Kriminalpolizei eine Nachrichtensperre verhängen. Frag doch mal den Herrn Minister nach den Vorkommnissen. Vielleicht kannst du ihn überrumpeln, und er verrät sich. Ich habe die erste Seite für die Abendausgabe schon vorbereitet. Bloß der Chef besteht auf einer, wenn auch noch so vagen, offiziellen Bestätigung. Ruf mich sofort an, ob es geklappt hat, dann geht das umgehend raus. Setz Herrn Börgel ein bißchen unter Druck.«

Und ob ich das tun werde. Als ich wieder in den Saal komme, fällt mein Stichwort. Die Dankesworte an den Herrn Minister gehen gerade ihrem salbungsvollen Ende entgegen und schließen mit der obligatorischen Floskel: »Wenn Sie noch Fragen haben.«

Ehe überhaupt jemand anders die Chance hat, dieser Aufforderung Folge zu leisten, stelle ich als Gast, der hier überhaupt nichts zu sagen hat, meine Frage: »Die von Ihnen, Herr Minister, soeben vorgestellte tröstliche Verheißung von strengen Vorschriften und verstärkten Grenzkontrollen durch russische Behörden sowie die Effektivität deutscher Kontrollen können ja offensichtlich noch nicht wirksam geworden sein. Wie sonst wäre es zu erklären, daß gestern morgen mit einer Linienmaschine der Lufthansa ein knappes Pfund Plutonium von Moskau nach Frankfurt gebracht wurde?«

Ich muß sagen, so einen Auftritt bekommt man selten im Leben. Einhundertzwanzig Journalistenköpfe drehen sich synchron zu mir um. Herr Minister Börgel sieht aus wie ein Fisch auf dem Trockenen. Sein Referent, rechts neben ihm, dreht wie eine mechanische Puppe ruckartig sein Gesicht im Wechsel mir und seinem Chef zu. Sein Blick ist ein einziges Fragezeichen. Sein Nachbar zur Linken scheint überhaupt nicht zu begreifen, was vor sich geht. Er schaut mich an wie ein Wesen aus einer anderen Welt. Nachdem Herr Börgel dreimal mit dem Unterkiefer geschnappt hat, bringt er einen Satz zustande.

»Ich weiß nicht, wovon Sie sprechen.«

O bitte, er kann es auch detaillierter haben.

»Ich spreche von den dreihundertdreißig Gramm Plutonium, die gestern morgen im Koffer eines Passagiers der Lufthansa von

Moskau nach Frankfurt gebracht wurden. Ich spreche von Mitarbeitern des Geheimdienstes und der Kriminalpolizei, die dort schon auf den besagten Passagier warteten und ihn und einen weiteren Mann, der ihn abholen wollte, verhaftet haben. Ich spreche davon, daß demnach offensichtlich die offiziellen Stellen über die brisante Fracht sehr genau Bescheid wußten. Warum wurde das Plutonium nicht schon am Moskauer Flughafen beschlagnahmt? Halten Sie es nicht für höchst verantwortungslos, Menschen einer solch ungeheuren Gefährdung auszusetzen, ganz zu schweigen davon, daß man sich damit über die Weisungen und Richtlinien, sogar über das Kriegswaffenkontrollgesetz hinweggesetzt hat? Waren Ihnen diese Aktivitäten bekannt? Sind Sie vielleicht sogar persönlich in diesen Deal verwickelt?«

Bei den letzten Sätzen muß ich meine Stimme deutlich anheben. Der Geräuschpegel im Saal ist um einiges gestiegen. Die drei Herren sind aufgestanden. Herr Börgel schreit: »Eine ungeheuerliche Unterstellung!« Der Vorsitzende der Bundespressekonferenz bittet immer wieder vergeblich um Ruhe. Die Fragen meiner Kollegen gehen kreuz und quer. Einige laufen raus, wahrscheinlich um sofort Kontakt zu ihren Redaktionen aufzunehmen, andere reden auf mich ein, wollen wissen, woher ich diese Informationen habe, wieder andere laufen neben dem Minister und seinen Begleitern her, die den Saal verlassen, bedrängen ihn mit ihren Fragen. Der Blick des Staatsministers, den er mir zuwirft, während er an mir vorbei nach draußen geht, sagt mir, daß meine Zeitung von ihm keine bevorzugte Behandlung mehr zu erwarten hat. Doch er hat den entscheidenden Satz gesagt: »Im Interesse der Ermittlungen darf über diesen Vorgang nichts verlautet werden.«

Also rufe ich Schubert an und sage nur: »Raus mit dem Ding.« Seine Antwort ist ein Indianergeheul. Was ist dagegen ein Exklusivinterview?

In der Kantine des Bundeshauses wartet schon der Bonner Kollege auf mich. Er ist sauer, das sehe ich ihm an. Wäre ich an seiner Stelle auch. Er ist hier der Chef, und dann komme ich und gebe meine Sondervorstellung, und er muß die Folgen ausbaden. Er, nicht ich, muß katzbuckeln, um Schönwetter bitten, die Wogen glätten. An seinem Tisch drängt sich das Volk. Alle wollen was wissen, nur er weiß ja nichts. Als ich mich mit meinem Kaffee nähere, zeigt er mit einer müden Geste auf mich.

»Fragt unsere Mata Hari. Sie tut nur so, als wäre sie eine Journalistin. Alles Tarnung. In Wirklichkeit ist sie eine Topagentin des KGB.«

Meiner Meinung nach ein Scherz, der völlig danebengeht, aber ich lächle wie eine Sphinx und scheuche die Neugierigen vom Tisch.

»Verschwindet! Meine Lippen sind versiegelt. Wenn ihr was wissen wollt, kauft euch die Abendausgabe unserer Zeitung.«

Ist auch kein guter Scherz. Kollege Mayer – Mayer mit ay – schweigt. Das heißt, diese Beschreibung trifft es nicht genau. Er demonstriert: ich schweige. Den Satz »Mir sagt ja sowieso niemand etwas« kann ich deutlich von seiner verkniffenen Unterlippe ablesen.

Spiele ich jetzt das Spiel »Wer hat die besseren Nerven?«, oder gebe ich nach? Ich hatte ja heute schließlich schon meinen Triumph. Also ergreife ich das Wort. Mein erfolgreicher Auftritt hat mich beflügelt. Ich brauche genau sieben Minuten, um ihn davon zu überzeugen, daß er das sicher viel geschickter eingefädelt hätte, daß er mir glaubt, daß ich das vorher selbstverständlich gern mit ihm absprechen wollte, aber die Situation …

»Du verstehst schon.«

Ich schlage die Knie übereinander, schließlich ist der Minirock bis jetzt noch nicht zum Zuge gekommen. Warum soll er nicht einmal versuchsweise zur Besänftigung eines Kollegen eingesetzt werden? Manchmal ist es ganz schön praktisch, eine Frau zu sein.

Bei diesem Stichwort fällt mir ein, daß auf mich als Frau jemand wartet. Und das, wie ich mit einem Blick auf meine Uhr sehe, schon seit geschlagenen zwei Stunden. Verdammt. Das habe ich in der allgemeinen Aufregung und meiner Euphorie ganz vergessen. Das Hochgefühl der letzten Minuten bricht jäh in sich zusammen. Ich stehe abrupt auf, und mit dem nichts erhellenden Ausruf: »Mein Gott!« entschwinde ich.

Natürlich ist kein Taxi vor der Tür. Natürlich erwische ich endlich einen Fahrer, der sich nicht auskennt, und natürlich ist Hans nicht mehr da. Ein Zettel liegt auf dem Kopfkissen. Ein Zettel!

»Ich bin doch schon gefahren, da dich offensichtlich deine größere Leidenschaft von mir fernhält. Ich denke, es ist besser so. Danke. Wer weiß, vielleicht irgendwann einmal wieder. Vielleicht auf einem anderen Stern. Hans.«

Ich will nicht heulen. Wozu soll ich heulen. Es ist ja alles gut und richtig so. Er hatte recht zu gehen, und es stimmt auch, daß mein Beruf ... Aber ich liege auf dem Bett, und es schüttelt mich ein Weinkrampf wie damals in dem Taxi, mit dem ich von diesem Fest flüchtete, auf dem wir uns zuerst begegnet sind und er mir sagte: »Ich möchte mit dir schlafen.«

Dieser Mensch hat die Gabe, sintflutartige Tränenbäche bei mir auszulösen. Ich weine über alle Träume, die nie in Erfüllung gegangen sind und gehen werden, über eine ungelebte Liebe und über eine Liebe, die ich noch lange leben will, und weiß, wie sehr auch sie gefährdet ist. Und ich weine über die Narben, die meine Ehe auf meiner Seele hinterlassen hat, und über die Gefährdungen, denen meine Kinder im Leben ausgesetzt sind.

Und als ich in den Zug nach München steige, trifft mich mancher mitleidige Blick. Kein Wunder. Ich sehe durch und durch verheult aus, rotgeränderte Augen, eine rote Nase. Mit einem Wort: mies. Ich hoffe, das ändert sich, bis ich daheim bin. Was für ein Tag.

»Was für ein Tag.«

Die Panik steigt langsam von unten nach oben. Sabine merkt, wie sie unter dem Küchenstuhl ihre Beine verknotet, wie sie ganz vorn auf der Stuhlkante sitzt. In ihrem Gedärm ballt sich irgend etwas zu einem Klumpen zusammen, der Magen ist wie zugeschnürt, und plötzlich sitzt ihr ein Riegel quer in der Speiseröhre.

Sie weiß nicht, wie sie den Bissen Brot, den sie im Mund hat, runterschlucken soll. Jetzt, jetzt wird er es sagen. »Danke, es war sehr schön, aber jetzt muß ich gehen.« Oder was sagt man nach einem One-night-stand? Sie hat da keine Erfahrung. Aber Rolf wiederholt nur:

»Was für ein Tag. Sieh dir den Himmel an.«

Zugegeben, der Himmel ist ungewöhnlich klar und zeigt ein intensives Blau, selten für diese Stadt. Aber sie weiß nicht, ob das nicht alles noch schwerer macht.

»Gibt's noch Kaffee?«

Er hält ihr seine Tasse hin. Aber er trinkt nicht, als sie ihm eingeschenkt hat, sondern betrachtet diese braune Flüssigkeit mit großem Interesse.

»Sag mal, hättest du etwas dagegen, wenn ich noch ein bißchen bleibe?«

»Nein, nein. Natürlich nicht.«

Plötzlich kann sie wieder schlucken.

»Und was machen wir mit diesem wunderschönen Tag?«

Festhalten, jede Minute festhalten. Mein Gott, sie benimmt sich wie ein Teenager.

»Schlag du etwas vor.«

»Ich möchte, daß wir uns den ganzen Tag, sagen wir lieber den Rest des Tages nicht aus der Wohnung rühren. Wir bleiben am Fenster sitzen und sehen uns das Haus gegenüber an. Und ich erzähle dir, wer da drüben wohnt.«

»Kennst du die Leute denn?«

»Natürlich, jeden einzelnen.«

Die Fortsetzung der Geschichten von heute nacht, die er für sie erfunden hat, ist wie ein Versprechen.

»Also, mit wem fangen wir an?«

Sabine sieht aus dem Fenster, betrachtet die gegenüberliegende Hauswand, deren Fenster jetzt ganz anders aussehen als gestern morgen.

»Was ist mit den beiden Frauen drüben im dritten Stock. Hinter dem Fenster mit dem Kräuterkasten davor?«

»Meinst du die zwei, die am Frühstückstisch sitzen?«

»Guck doch nicht so direkt hin. Das fällt doch auf.«

»Meinst du?«

»Klar, siehst du, die eine winkt dir schon zu.«

»Stimmt.« Er erwidert lässig mit seiner linken Hand den Gruß. »Ich habe ganz vergessen, daß ich es mit einem Profi zu tun habe. Wie würdest du denn jemanden unauffällig observieren? Dich hinter einer Zeitung verstecken, in die du ein Loch gebohrt hast?«

»Du nimmst mich nicht ernst, Rolf.«

»Im Gegenteil. Ich nehme dich sehr ernst.«

Er greift neben sich, nimmt von dem Stapel Zeitungen, die Susanne neben dem Küchentisch hortet, das oberste Blatt und reicht es ihr.

»Komm, zeig mal.«

»Rolf, hör auf.«

»Also, ich würde es auf jeden Fall so machen, beruflich. Privat kann ich es mir leisten, Frauen ganz ungeniert anzustarren.«

»Oder mit Hilfe eines Spiegels.«

»Was?« Er grinst. »Richtig. Oder so.«

Er will die Zeitung auf den Stapel zurücklegen, hält aber mitten in der Bewegung an.

»Wer hat das da hingelegt?«

Sein Ton ist scharf.

»Was?«

Sabine versteht ihn nicht.

»Na, das da.«

Sie kommt um den Tisch herum, um zu sehen, was er meint. Unter dem von Rolf weggenommenen Exemplar liegt, so wie von Susanne sorgsam gefaltet und angestrichen, Anna Wagners Artikel über den Plutoniumfund in einer ehemaligen Fabrikhalle in Hessen.

»Meinst du den Artikel?«

»Ja.«

»Den habe ich da hingelegt. Was ist denn damit?«

»Ach, ich dachte nur ...«

Sie steht neben ihm, sieht auf ihn herunter. Er schaut sie nicht an. Sie möchte ihn anfassen, ihm durchs Haar streichen, das sich so weich anfühlt, und weiß immer noch nicht mehr als seinen

Vornamen, während er ihr ganzes Leben en gros und en détail kennt. Jetzt hebt er den Kopf, schaut sie an.

»Ist was?«

Ja, möchte sie sagen, ich weiß nicht, warum du hier bist, warum ich dich einfach mitgenommen habe. Ich kenne dich doch gar nicht. Ich möchte gern mehr über dich wissen. Aber eigentlich spielt das überhaupt keine Rolle. Ich will, daß du hier bist. Ich wollte mit dir schlafen, ich will es noch immer. Ich will, daß du bleibst, ich will jeden Tag so frühstücken, so geweckt werden, und wenn der Preis dafür wäre, dich nie zu fragen, wer du bist und woher du kommst, würde ich es ganz bestimmt nie tun. Diese Nacht heute, das Hand-in-Hand-durch-die-Stadt-Laufen, seine Geschichten, die er für sie erfunden hat, gehören zu ihren glücklichsten Momenten. Wenn es ihr auch jetzt so vorkommt, als hätte er all das nur erfunden, um nicht über sich reden zu müssen. Er schaut sie immer noch fragend an.

»Nein«, sagt sie, während sie zu ihrem Stuhl zurückgeht, »was soll denn sein?«

»Warum interessiert dich denn dieser Artikel?«

»Wie kommst du darauf, daß er mich interessiert?«

»Weil du ihn angestrichen hast.«

»Das hat Susanne getan. Diesen Artikel hat eine Freundin von mir geschrieben.«

»Anna Wagner ist deine Freundin?«

»Ja, eine alte Schulkameradin. Ich habe sie erst vor ein paar Tagen in ihrer Redaktion besucht. Woher kennst du sie denn?«

»Ach, ich lese die Zeitung auch. Ich habe mal länger in München gelebt.«

Plötzlich ist ein merkwürdiges Schweigen zwischen ihnen, eines, wie es in den letzten Stunden undenkbar war, ein Schweigen, von dem sie wünscht, daß es ganz schnell vorbeigehen möge.

»Wie heißt du eigentlich mit Nachnamen?«

Rolf, der gerade einen Schluck Kaffee getrunken hat, setzt die Tasse langsam ab, ganz auf diese Handlung konzentriert. Einen Moment lang glaubt sie, daß nun auch sie der Fluch der Legende treffen und er sich plötzlich in Luft auflösen, wie eine Fata Morgana verschwinden oder, profaner, einfach aufstehen und gehen wird. Aber er bleibt sitzen, wenn er auch eine für sie unerträglich lange Zeit schweigt.

»Bergmann. Warum willst du das wissen?«

»Na, hör mal«, sie versucht es auf die neckische Art, »danach sollte sich jede anständige Frau erkundigen, wenn sie einen wildfremden Mann mit nach Haus nimmt und mit ihm schläft. Normalerweise frage ich danach gleich als erstes.«

»Nimmst du öfter wildfremde Männer mit nach Hause?«

»Natürlich, jeden Abend.«

Gott sei Dank, jetzt lächelt er wieder.

»Das dachte ich mir.«

»Und was machst du in Berlin?«

Sie könnte sich die Zunge abbeißen. Aber die Frage ist schon draußen. Auch jetzt dauert es wieder eine Weile, ehe er antwortet.

»Ich studiere.«

Er lehnt sich vor, schaut aus dem Fenster.

»Also, wie war das noch? Du willst wissen, wer die beiden Frauen dort drüben sind. Das kann ich dir sagen. Die eine ist die Tochter eines Briefträgers, richtiger: Postzustellers. Ich will doch korrekt bleiben. Die andere wurde vier Tage nach ihrer Geburt bei einem Landschaftsgärtner in ein Tulpenbeet gesetzt, in ein Beet mit ausschließlich roten Tulpen...«

Sie hört ihn reden, aber sie hört ihm nicht zu. Seine Geschichten interessieren sie überhaupt nicht mehr. Sie kommen ihr jetzt albern vor. Sie hat nur den einen intensiven Wunsch, daß er etwas von sich erzählt. Aber sie wagt es nicht, ihn zu unterbrechen und weitere Fragen zu stellen. Es ist schon schlimm genug, daß sie die beiden anderen nicht mehr zurückholen kann. Seitdem ist dieses Gefühl der besonderen Vertrautheit zwischen ihnen beiden verschwunden. Er hat sich in sich zurückgezogen, ist innerlich auf Distanz gegangen, und die Geschichte, die er gerade für sie erfindet, kommt ihr wie eine Pflichtübung vor, ein vergeblicher Versuch, etwas zurückzuholen.

»Du hörst mir ja gar nicht zu.«

»Wie? Doch, doch. Natürlich höre ich zu.«

»Lüg nicht, dir ist überhaupt nicht aufgefallen, daß ich schon seit einer Minute meinen Mund halte. Was ist los?«

Nicht fragen, nicht fragen. Sie muß es schaffen. Sie schaut ihn hilflos an. Er steht auf, kommt zu ihr herüber, zieht sie vom Stuhl und nimmt sie in den Arm, hält sie fest, lange. Sagt aber nichts. Er nimmt ihr Gesicht in seine Hände, streichelt ihr das Haar aus der Stirn.

»Ich muß noch mal weg.«

Wieso? Er hat doch gesagt, sie wollen den ganzen Tag in der Wohnung bleiben. Er löst sich von ihr, sie steht mit hängenden Armen da.

»Nun mach nicht so ein Gesicht. Ich hatte ganz vergessen, daß ich noch einen Termin habe. Er ist wirklich sehr wichtig. Vielleicht bin ich in einer Stunde wieder da. Und wenn es doch länger dauert, treffe ich dich in irgendeiner Kneipe. Wie viele sind es denn heute abend?«

»Sechs.«

»Schreib sie mir auf, damit ich dich auf jeden Fall finde.«

Sie setzt sich, nimmt vom untersten Brett des Regals, das über dem Küchentisch hängt, ihren Stundenplan und einen Block und schreibt sorgfältig alle Einzelheiten ab. Sie tut es, weil er sie darum gebeten hat, aber die Angst, daß es nur eine Art Alibi ist, kann sie nicht unterdrücken.

»Ich habe wirklich keine Ahnung, wie lange die ganze Sache dauern wird. Glaub mir. Und wenn es nicht so wichtig wäre, ginge ich nicht hin. Aber ich muß. Geh auf jeden Fall schon mal allein los. Warte auf keinen Fall auf mich.«

Er läuft durch die Wohnung, zieht sich die Schuhe an, geht ins Bad. Warum läßt er sie bloß allein? Sie kann sich nicht erinnern, Verzweiflung je so empfunden zu haben, selbst damals nicht, als sie vor Paul geflohen ist. Sie ist ganz steif, kann kaum atmen. Er steht plötzlich wieder in der Küchentür, seine Tasche in der Hand. Also doch, er geht. Sie hat es ja gewußt.

»Hat dir eigentlich dieser Herr Minister Börgel erzählt, was für Papiere das sind, hinter denen er her ist?«

»Nein, er hat nur gesagt, daß sie nicht für die Öffentlichkeit bestimmt sind. Warum fragst du?«

»Nur so.«

Ein merkwürdiges Husten. Rolf hebt die Tasche in die Höhe.

»Darf ich die ins Schlafzimmer stellen?«

Sie nickt, der Kloß in ihrem Hals rutscht spürbar nach unten.

»Hast du die Liste?«

Sie gibt sie ihm. Er steckt sie ein.

»Dann kann ja nichts schiefgehen. Bis heute abend.«

Er klopft ihr auf die Schulter. Er streicht ihr mit dem Handrücken kurz über die Wange. Er geht. Er zieht die Tür ins Schloß. Das Geräusch seiner Schritte entfernt sich durch das Treppenhaus. Sie kann nur in Sätzen denken, die einem Observierungsbericht angemessen wären. Wo geht er hin?

Sie sitzt am Küchentisch, rührt sich nicht. Sie weiß nicht, wie lange. In ihrem Gehirn hat sich ein Satz festgesetzt: »Er kommt nicht wieder.« Aber die Tasche. Die Tasche ist hier. Also muß er doch wiederkommen. Oder hat er sie doch mitgenommen?

Sie rennt ins Schlafzimmer. Da steht sie, neben dem Kleiderschrank, eine an den Rändern stark abgestoßene dunkelbraune Ledertasche mit einem langen Tragriemen. Sie hat sich gestern abend schon gefragt, was er da wohl drin hat, warum er die mit sich herumschleppt. Sie kam ihr ziemlich hinderlich vor, als sie so durch Berlins Straßen gerannt sind. Viel kann es nicht sein. Das Ding ist ja nicht sehr groß, ein frisches Hemd vielleicht, Unterwäsche, bestimmt sein Waschzeug, denn ein blauer Beutel stand heute nacht neben dem Waschbecken im Badezimmer. Und nach einer Zahnbürste hat er nicht gefragt. Sie hatte sich gewundert, daß er so ausgerüstet in den Pub gegangen war. Ob er auf jeden Fall vorhatte, sich eine Frau zu angeln? Es soll ja solche Männer geben, die mit diesem festen Vorsatz abends ausgehen und entsprechend vorsorgen. Der Gedanke gefällt ihr nicht, er macht ihr Zusammentreffen und diese Nacht so beliebig. Wenn an dem Reißverschluß rund um die Tasche kein Schloß wäre, könnte sie wahrscheinlich der Versuchung nicht widerstehen, sie aufzumachen und hineinzuschauen.

Es klingelt. Er ist wieder da. Rolf ist wieder da. Sie reißt die Korridortür auf, ihr Lächeln verschwindet so jäh, wie es gekommen ist. Vor ihr steht ein Mann, einen Kopf größer als sie, leichter Bauchansatz, mit hoher Stirn über graublauen Augen, attraktiv, der seinem Lächeln nach damit rechnet, daß sie ihm genau mit dieser Freude um den Hals fällt, wie sie es ja ursprünglich auch vorhatte, wenn er eben nicht er, sondern jener andere gewesen wäre.

»Sag bloß, du erkennst mich nicht wieder?«

Die Stimme. Die Stimme ...

»Paul?«

»Richtig.«

Der seltene Fall geschieht, und Sabine wird schon wieder von einem Mann in den Arm genommen, wenn auch diese Umarmung mit der vorigen nichts, aber auch gar nichts zu tun hat und ihr sogar unangenehm ist. Wenn nun Rolf ... Sie schaut an der Schulter, an die sie gepreßt wird, vorbei ins Treppenhaus.

»Mein Gott, Sabine, nach so vielen Jahren.«

Täuscht sie sich, oder hat er sie gerade aufs Haar geküßt? Das will sie nicht. Sie löst sich aus seiner Umarmung, schaut ihn an. Sie stehen immer noch im Türrahmen. Wie hat er sie bloß gefunden? Wie kommt er hierher? Sicher steckt Susanne dahinter. Was will er von ihr?

Er legt wie selbstverständlich den Arm um ihre Schultern, führt sie in die Wohnung, schließt hinter ihnen die Tür. Im Flur nimmt er sie mit beiden Händen an den Schultern, hält sie von sich weg.

»Laß dich anschauen. Mein Gott, diese merkwürdigen Augen. In die habe ich mich damals als erstes verliebt. Du hast dich kaum verändert. Wirst du eigentlich nicht älter? Sieh mich an.«

Er läßt sie los, tritt vor den Spiegel, der im Flur links neben der Garderobe hängt, und fährt sich mit gespielter Verzweiflung durch sein lichter gewordenes Haar.

»Ich krieg 'ne Glatze, einen Bauch und hab's im Kreuz.«

Jetzt erst erkennt sie etwas von dem Menschen wieder, den sie einmal sehr geliebt hatte, und plötzlich freut sie sich, daß er da ist, daß sie nicht mehr allein in dieser leeren, stillen Wohnung sitzt mit ihren Ängsten und Nöten und wartet, wartet, daß ER wiederkommt.

»Willst du einen Kaffee?«

Paul schaut auf die Uhr.

»Um diese Zeit? Ich weiß, daß Susanne einen ausgezeichneten Wein hat. Geh schon mal ins Wohnzimmer. Ich serviere. Schließlich kenne ich mich hier aus.«

Das Geschirrtuch überm linken Arm, ist er bald wieder da, spielt den perfekten Oberkellner, öffnet die Flasche und schenkt ein.

»Auf unser Wiedersehen.« Er hebt das Glas. »Warum hast du mir auf meine Briefe nicht geantwortet? Was hast du die letzten zwanzig Jahre gemacht? Wie ich hörte, bist du jetzt eine echte Detektivin? Ist ja aufregend. Wenn ich es auch bedaure, daß du die Schauspielerei nicht weitergemacht hast. Du warst gut. Du hättest Karriere machen können. Aber«, er zuckt mit den Schultern, »es ist schon ein Scheißjob. Wahrscheinlich hast du genau das Richtige getan. Erzähl mal, was ist das für ein Fall, an dem du gerade arbeitest?«

»Sag du mir erst mal, wie du überhaupt hierherkommst. Wieso bist du hier?«

»Emergency Call aus München. Susanne macht sich große Sorgen um dich, findet es unverantwortlich, daß du hier in dieser Stadt allein herumirrst, um nach diesem Menschen zu suchen. Sie hat heute morgen hier angerufen, und du warst nicht da.«

Sabine erinnert sich schuldbewußt, daß am frühen Morgen das Telefon geklingelt hat. Sie dachte, es sei ihre Sekretärin, die auf irgendeinem Weg ihre Telefonnummer herausgefunden hatte. Deshalb hatte sie nicht abgehoben. An Susanne hatte sie überhaupt nicht gedacht, dabei lag sie in deren Bett mit einem wildfremden Mann.

»Na, und da hat sie eben mich angerufen und mich sozusagen dienstverpflichtet, nachzuschauen, ob mit dir alles in Ordnung ist. Ich soll mich um dich kümmern. Ich bin der offizielle Begleitschutz für die nächsten Abende.«

»Aber ...«

»Ist schon in Ordnung. Mach ich doch gern. Ich hätte es Susanne nie verziehen, wenn sie mir verschwiegen hätte, daß du hier bist. Mann, bin ich froh, dich zu sehen.«

Sie glaubt es ihm. Sie ist auch froh. Dieses Wiedersehen ist wie das Ende eines Kapitels. Jetzt endlich kann sie diesen Teil ihres Lebens abhaken, ihn unter Erinnerung einordnen. Sie kann auch ihrer Mutter verzeihen, von deren Unterschlagungen sie Paul nichts erzählt. Im Moment wenigstens ist sie sich völlig sicher, daß es so, wie es gekommen ist, notwendig und richtig war. Und sie kann Paul von Rolf erzählen. Daß da jemand ist, mit dem sie über ihr Erlebnis von heute nacht reden kann, ist seltsam tröstlich. Es beruhigt sie, macht das, was geschehen ist, zu einer unumstößlichen Tatsache, beweist, daß es nicht nur ein Traum, ein Hirngespinst ist. Durch Paul verliert sie auch ihre Angst, daß Rolf nicht wiederkommen wird, weil auch er die Tasche als das Indiz ansieht, das jeden Zweifel aus dem Weg räumt.

»Eigentlich habe ich mir ja unser Wiedersehen etwas anders vorgestellt. Es ist nicht sehr schmeichelhaft, wenn eine Frau einem von einem anderen Mann vorschwärmt. Aber er hat mir gegenüber einen Riesenvorteil. Er ist jünger.«

»Bitte, Paul ...«

»Doch, doch. Das trifft. Glaub mir. Aber ich werde mich wohl mit diesem Rolf abfinden müssen. Glaubst du, du könntest mir, als Seelenpflaster sozusagen, ein paar Spaghetti machen, bevor wir losziehen? Denn meinen Auftrag muß ich ja trotzdem erfüllen, und außerdem bin ich äußerst neugierig. Diesen Wunderknaben muß ich mir ansehen.«

Fast kommt bei Sabine jetzt doch so etwas wie Sentimentalität auf, als sie wie in uralten Zeiten gemeinsam an einem Küchentisch sitzen und das Essen zubereiten. Er macht die »niederen Arbeiten«, wie Zwiebeln und Knoblauch schneiden, sorgt für den Wein, unterhält sie mit Episoden aus seinem Leben. Er erzählt von seiner Freundin, seiner Theaterkarriere in Anführungsstrichen, es ist nur eine mittlere draus geworden, von seiner Ehe, seinen Kindern und immer wieder von der Zeit nach ihrem kommentarlosen Verschwinden. Seiner Reue, seinen Selbstvorwürfen, seinen Anklagen an ihre Adresse, weil sie ihm erstens nie deutlich gemacht habe, wie wichtig Treue für sie sei, und ihm zweitens durch ihr Verschwinden keine Möglichkeit für eine Erklärung gegeben habe. Nachdem die zweite Flasche

Wein geleert ist, ist er felsenfest davon überzeugt, daß in seinem ganzen Leben wirklich nur eine Frau für ihn wichtig war: sie. Sie, die so spurlos Verschwundene, sie, die nie Vergessene und nach Jahren endlich Wiedergefundene.

»Und dann spricht diese Frau den ganzen Abend nur von einem anderen Mann.«

Sabine weiß nicht, wie ernst sie ihn nehmen soll.

»Frauen sind eben von Natur aus undankbar.«

»Du sagst es, meine Liebe, du sagst es.«

Sabine hat das Gefühl, sie spielen eine Szene, wie damals auf der Schauspielschule. Das ist gut so. Es hilft über die eine oder andere Verlegenheit hinweg.

Und sie behalten an diesem Abend ihre Rollen bei. Er, der schmachtende Liebhaber, der die unnahbare Schöne mit seinen sehnsuchtsvollen Wünschen verfolgt, sie, die ihn abweist, aber huldvoll gestattet, daß er sich in ihrem Dunstkreis aufhalten darf.

Und als sie gut gelaunt das erste Lokal betreten, nimmt er ihr sofort die ihr so unangenehme Aufgabe ab und fragt, nachdem er ihr einen Barhocker hingeschoben und sich rechts neben sie gesetzt hat:

»Hat sich der Robert schon gemeldet? Der Robert Börgel? Der wollte für mich hier eine Nachricht hinterlassen?«

Was dieser blasse Mensch hinter dem Tresen darauf sagt, bekommt Sabine nicht mit, denn in ihr linkes Ohr schmeichelt eine Stimme:

»Immer noch auf der Suche?«

Als Kind hatte Sabine immer die tröstliche Hoffnung: Wenn ich die Augen ganz fest zumache, verschwindet das, was mich bedroht. Doch die Erfahrung von damals hat sie gelehrt, daß das eine törichte Hoffnung ist. Trotzdem muß sie jetzt gegen den dringenden Wunsch ankämpfen, es wieder mit dem gleichen Trick zu versuchen. Sie dreht sich zu der Stimme um und sagt so gelassen, wie ihr das möglich ist, in die Augen von Hugh Grant:

»Sie hier? Das ist eine Überraschung.«

»Das finde ich auch.«

»Paul!« Sie tippt ihrem Nachbarn zur Rechten auf die Schulter und fleht alle Heiligen an, daß er noch nüchtern genug sein möge, um zu verstehen.

»Darf ich dich mit Sebastian Comás bekannt machen?«

Sie versucht, soviel Information wie möglich in die nächsten Sätze zu legen, ohne daß es verdächtig wirken könnte.

»Wir haben uns in München getroffen, als ich Robert besuchen wollte. Er wohnt im Studentenheim auf dem gleichen Flur, stell dir vor. Und das«, sie übt ihr charmantestes Lächeln, »ist mein Bruder Paul.«

Der so unversehens in einen nahen Verwandten Verwandelte zuckt nur unmerklich zusammen. Das muß man ihm zugute halten. Er begreift sehr wenig, das sieht sie seinen Augen an, aber er tut das Entscheidende, er widerspricht nicht, legt betont brüderlich seinen linken Arm um ihre Schulter und streckt seine rechte Hand dem Kolumbianer entgegen.

»Paul.«

»Das habe ich schon mitbekommen. Freut mich. Sebastian.«

Die beiden Männer schütteln sich die Hände. Paul übertreibt etwas, er könnte die Hand ruhig wieder loslassen. Sabine ist so bemüht, ihm durch ihre Blicke zu signalisieren, sei still und warte ab, ich werde dir alles später erklären, daß sie nicht bemerkt, wie Rolf das Lokal betritt, die Dreiergruppe an der Bar wahrnimmt, sich schnell umdreht und wieder hinausgeht.

Als Freudentaumel kann man den Empfang, den meine Familie mir bereitet, als ich abends meine Haustür aufschließe, nicht bezeichnen. Ganz im Gegenteil. In ungewohnter Gleichzeitigkeit poltern acht Füße und vier Hundepfoten die Treppe herunter, und ehe ich noch mein mütterliches: »Guten Abend, Kinder, Mutter ist wieder da« loswerden kann, schallt es mir lautstark vierfach entgegen:

»Wir gehen nicht mit nach Amerika.«

Für meine Ohren ein äußerst disharmonischer Kinderchor. Ich sehe es ihren Gesichtern an, alle Zeichen stehen auf Sturm. Auch Nico steht mir mißtrauisch gegenüber, stürzt sich nicht, wie sonst üblich, wenn ich nach ein paar Tagen der Abwesenheit wieder heimkomme, mit lautem Freudengeheul auf mich. Ein äußerst beunruhigendes Zeichen. Was ich allerdings überhaupt nicht begreife, ist, woher sie von meiner Absicht etwas wissen. Die Bewerbung für die Auslandskorrespondentenstelle in Washington ist mal wieder einer meiner einsamen Entschlüsse gewesen. Außerdem ist die Entscheidung darüber doch noch gar nicht gefallen.

»Wer sagt, daß wir nach Amerika gehen?«

»Fritz.«

Ach, du lieber Himmel, der weiß es auch schon. Da muß ich mich ja auf einiges gefaßt machen.

»Aber das steht doch noch gar nicht fest, und ...«

»Doch. Du gehst. Dein Chef hat heute nachmittag angerufen. Er wollte der erste sein, der dir gratuliert.«

Das sieht ihm mal wieder ähnlich. Kann den Mund nicht halten. Warum wartet er nicht, bis ich wieder da bin? Jetzt habe ich den Schlamassel. Ich hätte es meiner Familie ganz schonend, scheibchenweise beigebracht.

»Und wo ist Fritz?«

»Er hat gesagt, er geht sich besaufen.«

Blick und Stimme meiner Ältesten signalisieren mir nur eins: Meine Mutter ist das Letzte. Einen Moment lang glaube ich sogar, sie weiß auch über die Nacht mit Hans Bescheid, als könnte sie es auf meiner Stirn ablesen. Und wenn schon. Das ist ganz allein meine Angelegenheit. Die Gefühle für Hans haben ihren Platz und sind wieder fest verschlossen. Ich nehme Fritz dadurch nichts weg, denn Hans habe ich vor ihm kennengelernt, und das, was ich ihm gegeben habe, konnte ich Fritz nicht mehr anbieten. Der Teil meiner Seele war schon besetzt. Der Betrug besteht allenfalls darin, daß ich ihm nicht gesagt habe, daß ich nicht mehr vollständig bin. Aber das wußte ich bis vorgestern, bis zu diesem unerwarteten Wiedersehen, ja selber nicht. Trotzdem wurde ich auf der Fahrt nach Hause immer nervöser. Hinter Stuttgart fing es an. Ich fragte mich, wird Fritz trotz des Make-ups merken, daß ich geheult habe? Wird er irgendeine Veränderung an mir wahrnehmen? Denn von Hans reden werde ich nicht. Und zu alledem kommt jetzt auch noch die vorzeitige Entlarvung meiner beruflichen Pläne. Mir ist ziemlich bange vor dem Moment, in dem ich seinen Schlüssel im Schloß höre.

Ich sitze da und warte. Die Kinder habe ich auf ihre Zimmer geschickt, nachdem ich – wie ich glaube vergeblich – versucht habe, ihnen meine Motive für mein Handeln zu erklären, und auch schon einmal ganz vorsichtig angedeutet habe, daß für sie fünf Jahre in diesem Land durchaus eine Bereicherung sein könnten. Das war zu früh. Auf diesem Ohr wollten sie überhaupt nicht hören.

»Du kannst reden, soviel du willst. Wir sind uns einig. Wir gehen nicht mit.«

Erstaunlicherweise ist es diesmal Lisa, die für ihre Geschwister spricht. Sie ist die sturste von den vieren. Wenn sie etwas nicht will, braucht man Engelszungen, um sie zu überreden. Und selbst diese fruchten meistens nichts. Aber über die Strategie, wie ich meine Kinder überzeugen kann, will ich erst später nachdenken. Das Ganze wird ja frühestens in einem Jahr spruchreif. Bis dahin ist noch viel Zeit. Aber um das Gespräch mit Fritz komme ich heute abend nicht rum.

Es ist schon gleich zwölf Uhr, und noch immer kein Lebenszeichen von meinem Liebsten. Es wird doch nichts passiert sein? In solchen Situationen treibt meine Phantasie ungeahnt üppige Blüten. Ich sehe ihn blutüberströmt unter den Schlägen von irgendwelchen obskuren Typen zusammenbrechen oder leblos hinter dem Steuer seines wie eine Ziehharmonika zusammengefalteten Autos sitzen. Aber das steht in der Garage, davon habe ich mich schon vor einer Stunde überzeugt. Oder vielleicht liegt er irgendwo hilflos. Er hat doch in der letzten Zeit öfter über Herzschmerzen geklagt. Und der Schock, den ich ihm heute versetzt habe, könnte der Tropfen auf den heißen Stein gewesen sein. Und als dann plötzlich das Telefon klingelt, bin ich felsenfest davon überzeugt, es ist das Krankenhaus oder die Polizei.

Wer sollte sonst um Mitternacht anrufen? Mit zitternden Knien hebe ich den Hörer ab.

»Wagner.«

»Anna Wagner?«

»Ja, ja.«

Ich kenne diese Männerstimme nicht. Sie ist sehr leise.

»Meinen Namen möchte ich am Telefon nicht sagen. Aber bitte, kommen Sie sofort nach Berlin. Es eilt. Ich habe eine brandheiße Geschichte für Sie.«

So etwas hatten wir schon öfter, Leute, die sich wichtig machen wollen.

»Und was soll das für eine brandheiße Geschichte sein?«

»Dreihundertdreißig Gramm Plutonium flogen gestern morgen mit einer Lufthansamaschine von Moskau nach Frankfurt.«

»Das ist nichts Neues. Das steht heute schon in der Abendausgabe meiner Zeitung.«

»Ja. Aber ich weiß, woher es kommt.«

Hoppla, das ist allerdings interessant.

»Und das soll ich Ihnen glauben?«

»Sie müssen.«

»Geben Sie mir einen kleinen Beweis für die Richtigkeit Ihrer Behauptungen.«

»Es ist auf siebenundachtzigkommazwo Prozent angereichertes Plutonium, also beste Bombenqualität. Darüber steht nichts in der Zeitung.«

Das ist allerdings ein Ding. Doch mein gesunder Menschenverstand weigert sich noch zu glauben, was ich da höre.

»Und warum rufen Sie gerade mich an?«

»Weil ich mag, wie Sie schreiben. – Und weil Sie eine Freundin von Sabine Reichert sind.«

»Woher kennen Sie Sabine?«

Er lacht, weil er merkt, wie sehr er mich verblüfft hat.

»Das erzähle ich Ihnen morgen in Berlin.«

»Gut, ich nehme das erste Flugzeug morgen früh. Ich hoffe, es ist noch ein Platz frei. Dann könnte ich so gegen zehn dort sein. Sonst wird es zwölf.«

»Ich warte ab zehn auf Sie im Café am Steinweg.«

»Gut, ich komme.«

»Freut mich. Bis morgen.«

»Halt, wie erkenne ich Sie denn?«

»Ich kenne Sie.«

Aufgelegt. Einen Augenblick lang überlege ich, ob ich den Kollegen Schubert anrufen soll. Schließlich ist das sein Fall. Aber dieser geheimnisvolle Mensch hat mich angerufen, mich und nicht ihn. Und was er mit Sabine zu tun hat, möchte ich doch gern ganz persönlich herausfinden.

Und so trifft ein stockbesoffener Fritz, als er kurz vor eins ansonsten heil und gesund endlich den Weg nach Hause findet, auf eine Frau, die schon wieder den Koffer packt, obwohl morgen unser Jahrestag ist und wir den feiern wollten. Der Tisch im Restaurant ist schon bestellt.

Er steht leicht schwankend an den Türrahmen unseres Schlafzimmers gelehnt, seine Augen sind schmale Schlitze, und hört sich schweigend an, was ich vorzubringen habe.

»Ich kann mir diese Chance nicht entgehen lassen. Ich habe das sichere Gefühl, daß da wirklich was dahintersteckt. Du kennst das doch auch. Man muß dem nachgehen. Und was meine Bewerbung für Washington betrifft – sicher, ich hätte das vorher mit dir besprechen sollen. Aber ich konnte es nicht. Ich mußte das für mich allein entscheiden. Ich wollte das von Anfang an. Dieser Wunsch war mit ein Grund dafür, Journalistin zu werden.«

Ich erinnere mich, einem anderen Mann gegenüber auch schon einmal ähnlich argumentiert zu haben. Damals, als ich mich um meine jetzige Stelle bewarb. Und das war der Anfang vom Ende. Das darf jetzt nicht wieder passieren. Deshalb rede ich weiter auf ihn ein, auch als er müde abwinkt und anfängt, sich auszuziehen.

»Ich habe Zeichen gegeben, Fritz. Ich dachte, du hättest sie verstanden. Ich habe dir von meinem Wunsch erzählt, daß das wie eine Obsession ist, und du hast gesagt: ›Dann mußt du dafür kämpfen.‹ Und als ich gefragt habe: ›Und was wird mit dir?‹, hast du gesagt: ›Ich gehe mit. Ich wollte schon immer frei arbeiten oder Zeit haben, ein Buch zu schreiben.‹ Erinnerst du dich?«

Er sitzt auf dem Bett, sieht mich an.

»Du machst ja sowieso, was du willst. Daß du dabei des öfteren auf den Menschen rumtrampelst, die dich lieben, ist dir offensichtlich nicht bewußt oder egal.«

Er legt sich hin, rollt sich auf die Seite und schläft sofort ein. Kein »Gute Nacht«, kein »Laß uns morgen früh noch mal drüber reden« – gut, dann bin ich nicht mehr da – oder irgendwas in dieser Art. Das ist in unserer Beziehung noch nie passiert. Wie sehr vermisse ich jetzt eine seiner wenigen zärtlichen Gesten, wenn er schon halb im Schlaf mit der Linken nach hinten greift und meinen Hintern tätschelt.

In mir ist das gleiche Gefühl wie damals, als ich fünf Jahre alt war und mit meiner Lieblingspuppe im Arm die Treppe runtergefallen bin. Ihr Porzellankopf zersprang in tausend Stücke. Ich begreife, daß ich von der kindlichen Erwartung ausging, man würde mich loben, weil ich diesen Schritt ganz allein getan hatte. Anerkennung wie für eine gute Note. Auch das war mit ein Grund, daß ich nichts gesagt hatte. Ich wollte stolz das Ergebnis vorzeigen und sagen können: »Guckt mal, was ich kann.«

Ich liege die ganze Nacht, richtiger, den Rest der Nacht, wach und starre ins Dunkle.

In der Nacht sieht die Hauswand gegenüber wie ein Adventskalender aus. Die erleuchteten Fenster sind die Türchen. Unvorstellbar, daß diese Vorstellung sie noch vor drei Tagen erheitert hatte. Sabine hat das Gefühl, diese Person von damals hat mit ihr nicht mehr das geringste zu tun. Sie sitzt am Küchentisch, auf ihrem Schoß die Ledertasche mit den abgestoßenen Kanten. Sie hält sie fest umklammert. Sie ist der einzige Haltepunkt, der verhindert, daß sie in die Verzweiflung abstürzt. Rolf ist nicht gekommen.

Sie weiß nicht, wie oft sie schon versucht hat, sich Wort für

Wort von dem ins Gedächtnis zurückzurufen, was er ihr, nachdem er so überraschend angekündigt hatte, daß er noch mal wegmüsse, gesagt hat. Und obwohl dazu so zuversichtliche Worte gehören wie: »Vielleicht bin ich in einer Stunde schon wieder da; bis später, gib mir die Liste, damit ich weiß, wo ich dich finden kann«, ist ihr vor allem ein Satz in Erinnerung geblieben: »Warte auf keinen Fall auf mich.« Es kann sein, es bedeutet nicht mehr und nicht weniger, als daß sie ihre Recherchen wie vorgesehen durchführen solle. Es kann aber auch sein, daß er ihr damit eine ganz andere Botschaft übermitteln wollte. »Warte grundsätzlich nicht auf mich. Ich komme nicht wieder.«

Aber die Tasche ist doch noch hier. Also muß er wiederkommen und sie abholen, und bestimmt hat er eine einleuchtende Erklärung, warum es so lange dauerte und er sie so lange warten ließ. Zuerst hatte sie auch gar nicht auf ihn gewartet. Die Stunde mit Paul und diesem Kolumbianer war sehr amüsant gewesen. Sie hätte auch gern ihre Kneipentour zu dritt fortgesetzt. Aber das Risiko war zu groß, daß Sebastian ihr irgendwann auf die Schliche kommen würde. Trotzdem hatte sie es ein bißchen bedauert, als sie ihren altbekannten Text ablieferte: »Ich bin müde. Ich möchte nach Hause.«

Paul war bewundernswert. Er hatte keine Ahnung, was das denn nun wieder bedeuten sollte, aber spielte den für ihn unbekannten Part sehr überzeugend. Er ließ sich von ihr führen. Auch eine Erinnerung an die Zeit, die knapp zwanzig Jahre zurückliegt. Eine Übung auf der Schauspielschule. Allerdings waren damals die Rollen anders verteilt.

Im Taxi konnte sie endlich seine Neugier befriedigen und ihm alles erklären. Wann und wo und unter welchen Umständen sie diesen Kolumbianer kennengelernt hatte.

»Merkwürdig, daß der auch hier in Berlin auftaucht. Ist der dir gefolgt?«

Heute nacht hatte sie überhaupt nicht begreifen können, wie er auf so eine Idee kommen konnte. Aber jetzt, in dieser absoluten Stille in der Küche, die nur vom Geräusch des Kühlschranks unterbrochen wird, wenn er anspringt, ist dieser Gedanke überhaupt nicht mehr abwegig. Plötzlich ist es ihr sehr unheimlich. Sie knipst überall das Licht an, auch im Flur, legt die Kette vor.

Mein Gott, siedendheiß fällt ihr ein, daß ja in diesen Berliner Häusern abends durch eine elektrische Schaltung die Haustür verriegelt wird. Man braucht einen Schlüssel, um hereinkommen zu können. Denn draußen an der Haustür gibt es keine Klingeln. Man muß vorher anrufen, wenn man jemanden besuchen will. Aber weiß Rolf überhaupt, wem die Wohnung gehört, kennt er Susannes Nachnamen? Vielleicht steht er schon seit Stunden unten, und sie sitzt hier und wartet. Sie muß runter, auch wenn ihr der Gedanke sehr unangenehm ist.

Sie braucht all ihren Mut, um die Kette wegzunehmen und die Wohnungstür aufzumachen, sieht sich vor dem hellen Hintergrund als Zielscheibe im Gegenlicht stehen, bis sie den Schalter für die Treppenbeleuchtung findet. Wie kann ein Haus, in dem zwölf Parteien wohnen, nur so still sein? Sie drückt in jedem Stockwerk auf den Lichtschalter, um zu verhindern, daß der Zeittakt sie plötzlich im Dunkeln stehenläßt. Eine ganz kleine Hoffnung, wider besseres Wissen, läßt Rolf wartend vor der Tür stehen, erleichtert, daß sie endlich kommt, sich selbst und sie beschimpfend, daß sie an diese typische Berliner Situation nicht gedacht haben.

Aber die Straße ist leer. Weit und breit kein Mensch, noch nicht einmal ein Auto ist zu sehen. Er kann sie ja gar nicht anrufen, wenn er den Namen nicht weiß. Sie könnte sich ohrfeigen. Andererseits beruhigt sie das ein bißchen. Diese Lösung würde alles erklären. Er ist irgendwohin gegangen, schließlich mußte er ja, bevor er sie kennengelernt hat, auch irgendwo schlafen. Er hat sicher eine Wohnung oder ein Zimmer. Er studiert doch. Aber warum läßt er dann seine Tasche bei ihr? Auch dafür wird es eine Erklärung geben.

Paul hatte ihr in der Nacht eine ganze Reihe angeboten. Es war rührend zu sehen, wie sehr er sich bemühte, ihre aufsteigende Panik zu verhindern, und ganz sachliche Gründe nannte, warum Rolf nicht erschienen ist. Es war tröstlich, diesen Freund bei sich zu haben. Aber trotzdem hatte sie ihn weggeschickt, weil sie plötzlich das Gefühl hatte, er sei schuld. Weil er da ist, mit seiner

Aufmerksamkeit, seiner Fürsorge, wird Rolf nicht kommen. Paul ist gegangen, ungern, sehr ungern, wie er sagte:

»Weil ich glaube, daß du mich jetzt brauchst. Ruf mich an, wenn irgendwas ist. Hier meine Nummer.«

Er hatte ihr seine Karte gegeben und sie ihm ihre, weil er nicht wieder zwanzig Jahre warten wollte, um zu erfahren, was sie macht und wie es ihr geht. Aber diese Entscheidung, ihn wegzuschicken, war umsonst gewesen. Dabei war sie sich so sicher gewesen, jetzt, da ich allein bin, wird er gleich nach Hause kommen.

Und nun wird es schon langsam hell, und er ist immer noch nicht da.

Als sie in die Küche zurückkommt, sieht sie den ersten Sonnenstrahl auf dem Dachfirst gegenüber und auf dem Tisch die Tasche, die plötzlich etwas Feindliches hat. Wenn sie hinter das Geheimnis der Tasche kommt, wird alles gut.

Sie versucht, ihr Handeln zu versachlichen. Vielleicht ist ihm etwas passiert. Ich muß die Polizei anrufen, und dafür brauche ich Informationen, die ich allenfalls da drin finden kann. Aber die Wahrheit ist, daß sie die Feindschaft dieser Tasche besiegen will, sie muß nur das Schloß öffnen. Wie macht man das? Mit einer Nagelfeile, einer Büroklammer? Sie entscheidet sich für die radikale Lösung. Sie trennt den Reißverschluß auf einer Seite mit der Nagelschere auf. Das dauert eine Weile, aber endlich kann sie hineingreifen und den Inhalt herausholen. Zwei Unterhosen, ein Unterhemd, ein T-Shirt, ein paar Socken, der blaue Waschbeutel und ein Handtuch. In dem großen Seitenfach steckt etwas, das sich wie ein Schnellhefter anfühlt. Sie zieht es heraus. Auf dem Deckblatt unter der Plastikfolie steht in großen Buchstaben »Geheim«. Und als sie die Seite umschlägt, liest sie: »Herrn Minister Börgel zur Kenntnis.«

In diesem Augenblick weiß sie es, weiß es mit tödlicher Sicherheit. Sie muß nicht erst die braune Brieftasche aufklappen, die auch noch in dem Fach steckt, um zu wissen: Rolf Bergmann ist Robert Börgel. Sie, die mit seinem Foto durch Berliner Kneipen gezogen ist, hat sich von einem zwei Wochen alten Bart und einer albernen Brille täuschen lassen. Wie lächerlich hat sie sich gemacht. Bestimmt sitzt er jetzt in einer Kneipe und erzählt seinen Freunden, wie er die letzte Nacht mit einer sogenannten Detektivin unterwegs war auf der Suche nach sich selbst und wie diese Person unfähig war, zu erkennen, daß das Objekt ihrer detektivischen Begierde die ganze Zeit neben ihr saß. »Wie findet ihr das?« Sie hört das Gegröle.

Vielleicht schmeißt er eine Runde, weil sein Inkognito so erfolgreich war. »Ich hab ihr dann noch einen Gefallen getan und mit ihr geschlafen. Sie hatte es verdammt nötig. War ganz nett, auch wenn sie nicht mehr taufrisch ist.«

Sabine schämt sich, sie schämt sich unsäglich. Sie geht zum Telefon, ruft Frau Seibold an, ungerührt von der Tatsache, daß es erst sechs Uhr morgens ist, und bittet sie, mit Herrn Minister Börgel einen Termin auszumachen. Sie nehme den ersten Zug und sei gegen Mittag im Büro.

Mein Flugzeug startet um halb neun. Ich habe schon um fünf angerufen. Es ist noch ein Platz frei. Fritz schläft oder tut zumindest so, als ob er schliefe. Und ich habe keine Lust, ihn anzusprechen. Auch mit meinen Kindern will ich nicht reden, die eines nach dem andern in der Küche eintrudeln, in der ich schon seit einer Stunde sitze. Lisa ist die erste, dann kommen Jan und Philip, dicht gefolgt von Nico, der mich immer noch keines Blickes würdigt, sich nur stumm über das Fressen hermacht, das ich ihm hingestellt habe. Wo ist eigentlich unsere Katze? Die habe ich überhaupt noch nicht gesehen. Dabei habe ich im Moment das Gefühl, sie wäre die einzige, die mich verstehen könnte. Katja braucht wie immer die längste Zeit. Sie hat morgens früh ein volles Programm, bis ihre Schönheit perfekt ist. Ein »Morgen« wird mir immerhin gegönnt, wohl mehr dadurch begründet, daß sie mich morgens um halb sieben selten in der Küche antreffen. Seitdem der Abstand meiner Kinder zu ihrem Erwachsenwerden etwas kürzer geworden ist, habe ich mir ausbedungen, daß ich bis acht Uhr schlafen darf. Wer ein eigenes Apartment für sich beansprucht oder sowieso nur noch der großen Liebe lebt beziehungsweise seine Karriere als Schüler lieber gestern als heute an den Nagel hängen möchte, der sollte doch zumindest in der Lage sein, sich selbst das Frühstück zu machen.

Ich schaue sie mir an, meine vier, und wundere mich, wie fremd sie mir manchmal sind. Wahrscheinlich geht es ihnen mit mir genauso. Dabei verkünde ich immer lauthals, daß meine Kinder und ich ein sehr offenes, vertrauensvolles Verhältnis zueinander haben. Was sicher grundsätzlich auch stimmt. Aber manchmal... Und dieses Manchmal ist eben heute. Bis Jan, nachdem er sich bedächtig den Teller mit Cornflakes gefüllt und Milch darüber gegossen hat, einmal kräftig Luft holt und dann zu einer Rede ansetzt:

»Also, Leute«, das sind wir, »ihr mögt das ja alles in Ordnung finden, wie das hier so gelaufen ist. Aber ich für meinen Teil bin der Meinung, innerhalb einer Demokratie darf ein jeder seine Position vertreten. Wir aber, und damit meine ich mich und Philip und Lisa und Katja, haben Mami nicht die geringste Chance eingeräumt. Das jedoch halte ich für ein unabdingbares Gebot der Fairneß. Da aus allseits bekanntem Anlaß die Zeit für eine Grundsatzdiskussion momentan nicht gegeben ist, schlage ich vor, wir vertagen das Ganze, bis Mami wieder da ist, und fällen dann unsere Entscheidung. Bei Zustimmung bitte ich, die Hand zu heben.«

Man merkt, daß dieses Kind einen erfolgreichen Juristen zum Vater hat. Das haben die andern zwar auch, aber bei einem merkt man es eben mehr, beim andern weniger. Auf jeden Fall hebe auch ich, wie der Rest der Familie, meine Hand und werde dafür zum Abschied mit einem Kuß auf die Wange, einem Tätscheln meiner Schulter, einem gnädigen Nicken und mit einem »Na, denn guten Flug!« belohnt. Dann gehen sie, und ich bin wieder allein in meiner Küche und überlege, ob ich hinaufgehen, Fritz wecken und einen Versuch starten soll, unseren Zwist aus der Welt zu schaffen, bevor ich abfliege. Aber im Moment habe ich nicht die geringste Lust, mich klein zu machen.

Und das müßte ich wohl, wollte ich im Augenblick für Harmonie sorgen.

Also verlasse ich das Haus, ohne mich von ihm zu verabschieden.

Das rächt sich, als ich im Flugzeug sitze. Wenn das Ding jetzt abstürzt, wäre das kein gutes Ende für eine Beziehung, die doch eigentlich ein seltener Glücksfall ist. Und natürlich, prompt wie in solchen Situationen immer, kommt mir ein Spruch in den Sinn. »Geh nie im Zorn von deines Hauses Herd. Gar mancher ist gegangen und nie zurückgekehrt.« Mein Gott, was man so alles in seinem Gehirn speichert. Ich bin mit Sprichwörtern erzogen worden. Der Vorrat meiner Mutter schien unerschöpflich. Als ich sechzehn Jahre alt war, habe ich mir ein Heft zugelegt, auf dem rot eingerahmt zu lesen stand: »Was ich bei meinen Kindern garantiert nicht machen werde. Punkt eins: sie mit Sprichwörtern traktieren.« Und was passiert, seitdem ich mich rapide den Vierzig nähere? Mein Gehirn wird überflutet von dieser Vergangenheit. Heimtückisch hat sie sich in einer Ecke meiner Gehirnwindungen eingenistet, jahrelang unerkannt, bis sie soviel Kraft gesammelt hat, um mich mit brutaler Gewalt überfallen zu können. Oft rutscht mir ein Sprichwort über die Lippen, ehe ich dazu komme, überhaupt nachzudenken. Und auch jetzt weigern sich diese Sätze, aus meinem Gehirn zu verschwinden.

Selbst als ich in Berlin bin und im Café am Steinweg auf meinen geheimnisvollen Unbekannten warte, klappern gebetsmühlenartig diese Worte hinter meiner Stirn.

»Entschuldigen Sie, ist der Platz noch frei?«

Was mache ich jetzt? Sage ich ja, kann sich keiner mehr zu mir setzen. Ich habe bewußt diesen Zweiertisch ausgesucht. Zu blöde, wenn man nicht weiß, auf wen man wartet. Also sage ich doch lieber: »Tut mir leid, nein.«

Aber dieser Mensch sitzt schon. Ein junger Mann, groß, sehr schlank, in Jeans und einem grauen T-Shirt. Eine merkwürdige Brille hängt auf seiner Nasenspitze, und er sollte sich mal rasieren. Traurige Augen hat er.

»Darf ich?«

Er greift an mir vorbei und nimmt sich die Speisekarte aus dem Ständer, der neben meinem linken Ellenbogen auf dem Tisch steht. Dieser Mensch beansprucht ganz schön viel Platz. Er schiebt Buch und Spiralblock, die er vor sich liegen hatte, zur Seite, um die Karte aufklappen zu können, überschreitet sozusagen die imaginäre Linie auf dem Tisch, die jedem seinen Platz zuweist. Gut, daß ich von Natur aus neugierig bin. Eigentlich will ich nur wissen, was er liest, aber da der Block obenauf liegt, fallen mir natürlich die Zeilen, die auf dem Deckblatt stehen, ins Auge.

»Guten Morgen, Frau Wagner! Danke, daß Sie gekommen sind. Würden Sie jetzt bitte zahlen und dann die Hardenbergstraße auf der rechten Seite stadtauswärts gehen. Ich komme in circa zwanzig Minuten mit dem Auto nach. Ich werde halten, und Sie steigen bitte schnell ein. Danke.«

Ich komme mir ziemlich albern vor. Als hätte er mich aufgefordert: Spielen wir ein bißchen Räuber und Gendarm. Aber was soll ich machen? Mitgefangen, mitgehangen. Da, bitte, schon wieder der gleiche Automatismus. Das kann ja heute noch heiter werden.

Muß er ausgerechnet die Hardenbergstraße vorschlagen? Treffen wir uns im Café Kranzler, und schlendern Sie bitte unauffällig den Kudamm stadtauswärts. Dann hätte ich mir wenigstens ein paar Schaufenster ansehen können. Aber so komme ich mir ziemlich dämlich vor, wie ich so vorgeblich zielsicher die Straße entlanglaufe. Dazu nagt noch der Zweifel sehr heftig an mir, ob sich nicht doch jemand, aus welchem Grund auch immer, einen Spaß mit mir erlaubt hat. Wie weit will ich das Spiel mitmachen, für das ich sogar die ernsthafte Bedrohung meiner Beziehung in Kauf genommen habe? Nun ja, so vereinfacht stimmt das natürlich nicht, aber meine Bereitschaft, sofort auf diesen obskuren Anruf hin zu reagieren, hat natürlich die Situation verschärft. Sonst säßen Fritz und ich jetzt beim Frühstück, und vielleicht würde es mir gelingen, doch einen Funken von Verständnis in ihm zu wecken. Ich könnte ja über meinen Schatten springen und ihn anrufen. Wo ist denn eine Telefonzelle?

Doch da hält ein weißer Audi neben mir, die Beifahrertür geht auf, und der bärtige Brillenträger winkt mir, einzusteigen. Er streckt mir die Hand entgegen.

»Also, jetzt ganz offiziell. Guten Morgen, Frau Wagner. Entschuldigen Sie bitte, daß mein Auftritt einem Groschenroman alle Ehre gemacht hat. Aber ich wollte vermeiden, daß irgend jemand, der uns vielleicht beobachtet hat, vermuten könnte, daß wir verabredet sind. Und ich wollte sehen, ob Ihnen jemand folgt. Deshalb bat ich Sie, vorzugehen. Doch mit aller Vorsicht, die geboten ist, glaube ich das ausschließen zu können. Und damit Sie endlich wissen, mit wem Sie es zu tun haben: Ich bin Robert Börgel, der Sohn des Staatsministers, der Ihnen ja kein Unbekannter sein dürfte.«

Ich kann mir ein kleines innerliches Triumphgefühl nicht verkneifen. Siehst du, Fritz, ich wußte, da ist was dran.

»Ich bin überrascht.«

»Das denke ich mir.« Er schaut zu mir rüber, grinst. Dann konzentriert er sich wieder auf die Straße.

»Ich schlage vor, wir fahren zur Glienicker Brücke. Da können wir aussteigen und im Park spazierengehen. Ich denke, da kann uns niemand belauschen. Aber ich fange schon mal an und versuche Ihnen alles zu erzählen, was ich weiß. Wie Sie ja von Sabine Reichert wissen, studiere ich in München.«

Er merkt, daß mich dieser Name besonders neugierig macht.

»Über Sabine und mich rede ich später. In München hatte ich einen Freund, einen Russen. Ich habe ihn sehr gern gehabt. Er wurde umgebracht, auch seine Freundin, nur weil sie zufällig in seinem Zimmer war. Oder vielleicht nahm der Mörder an, daß sie über zu vieles Bescheid wußte.«

»Aber in der Zeitung...«

»Ja, ich weiß, die Presse schrieb von einem Mord aus Eifersucht. Meinetwegen. Schwachsinn. Es war ein bezahlter Killer, als Kommilitone getarnt, wohnte mit uns auf dem gleichen Flur. Warum Sergej sterben mußte, weiß ich erst seit gestern nachmittag. Meine Freundschaft mit ihm fing vor zwei Jahren an, als er in das Zimmer neben meinem zog. Er fuhr oft mit mir übers Wochenende zu meinen Eltern. Ich dachte, sie mögen ihn. Aber es steckte noch etwas ganz anderes dahinter.«

Ich sehe, wie sich seine Hände um das Lenkrad klammern. Die Fingerknöchel sind ganz weiß. Mir wäre es lieb, wir wären bald an der Glienicker Brücke und könnten aussteigen. Einen Menschen, den seine Emotionen beuteln, mag ich nicht am Steuer, wenn ich als Beifahrerin daneben sitze.

»Verdammt noch mal!«

Das war knapp. Robert Börgel hatte, ohne in den Rückspiegel zu schauen, die Fahrspur gewechselt. Nur war da schon ein Auto.

»Nehmen Sie es mir nicht übel, Herr Börgel, aber wäre es nicht doch besser, Sie warten mit dem, was Sie mir erzählen wollen, bis wir ausgestiegen sind?«

»Sie haben recht.«

Von da an bleibt er stumm, konzentriert sich ganz auf den Straßenverkehr. Ich höre, wie er mit den Zähnen knirscht. Seine Hände bleiben fest um das Lenkrad geklammert. Ich schaue stur geradeaus. Ich habe das Gefühl, wenn ich mich ihm zuwende und ihn anschaue, verliert er die Fassung.

Der Glienicker Park ist voller Spaziergänger. Kein Wunder bei dem schönen Wetter. Aber dieses Bild paßt so gar nicht zu dem, was mir der junge Mann, der vornübergebeugt, den Blick auf den Boden, mit großen Schritten neben mir herläuft, erzählt. Der Vater seines toten russischen Freundes ist Atomphysiker, hochqualifiziert, bis vor ein paar Jahren geachtet, akzeptiert, mit einem für sowjetische Verhältnisse sehr hohen Lebensstandard. Dann kam Gorbatschow, die Perestroika, der Zusammenbruch der Sowjetunion. Und plötzlich ist dieser hochgeachtete Mann nur noch ein kleines Licht, verdient einen Bruchteil seines früheren Gehalts, kann seiner Familie nicht mehr den gewohnten Lebensstandard bieten.

»Sergej hat mit mir darüber gesprochen, aber mehr so allgemein. Ich habe die Botschaft nicht verstanden. Auch nicht, als er sagte: ›Wie soll man einen Menschen verurteilen, der sich in solch einer hoffnungslosen Situation befindet, wenn man ihm plötzlich einen Ausweg zeigt und er den annimmt? Auch wenn er kriminell ist. In diesem allgemeinen Chaos, wie sich der Alltag für die Menschen in Rußland darstellt, verwischen sich die Grenzen. Also, ich könnte meinen Vater nicht verurteilen, wenn er dieser Versuchung nicht widerstehen könnte.‹

Ich habe auch dann noch nichts verstanden. Ich war blind, habe das Gespräch für rein hypothetisch gehalten. Daß Sergej versuchte, mir damit etwas zu sagen, habe ich erst später begriffen. Als ich ihn und Monika fand, glaubte ich zuerst auch, er hat sie und sich erschossen. Nur konnte ich mir überhaupt nicht erklären, warum.«

»Sie haben die beiden gefunden?«

»Ja.« Er zieht die Schultern hoch, als sei ihm kalt. Es sind zweiunddreißig Grad im Schatten. »Sergej und ich haben am Abend zusammengesessen und ziemlich viel getrunken. Er war am Tag vorher von einem kurzen Trip nach Rußland zurückgekehrt und hatte eine Flasche Wodka mitgebracht. Irgendwann kam auch noch Monika dazu. Und so betrunken, wie wir waren, ich erinnere mich genau, daß Sergej zum ersten Mal davon sprach, in Deutschland bleiben zu wollen, sich einbürgern zu lassen. Ich habe ihn gefragt: ›Wie willst du denn das anstellen? Du bist doch kein Wolgadeutscher.‹ Und er sprach die für mich völlig unverständlichen Sätze: ›Es könnte sein, daß man mir die deutsche Staatsbürgerschaft aus Dankbarkeit anbietet. Ich habe dem deutschen Volk einen Dienst erwiesen. Hat dir das dein Vater nicht erzählt?‹

Ich war zu benebelt, um darauf zu reagieren. Erst als ich, zwei Stunden nachdem ich Sergej und Monika gefunden und die Polizei mich verhört hatte, einen für mich zunächst völlig unverständlichen Anruf erhielt, kamen die Worte wie ein Echo zurück.«

Wir sind an einem kleinen Teich stehengeblieben. Das Wasser ist trüb, grünbraun. Die Oberfläche liegt unbeweglich in der Hitze. Robert hat sich am Ufer auf den Boden gesetzt, stiert vor sich hin, scharrt mit seinen Schuhen Erde zusammen. Kinderstimmen sind zu hören. Auf dem gegenüberliegenden Weg gehen Menschen spazieren, zwei Frauen, jede schiebt einen Kinderwagen, vor ihnen gehen zwei Männer, die sich unterhalten, hinterher laufen ein kleiner Junge und ein kleines Mädchen, beide schätzungsweise sechs Jahre alt. Einen Stock zwischen den Beinen, versuchen sie ihre »Pferde« anzutreiben. Der Junge bemerkt uns, nimmt den Stock hoch, legt ihn an und zielt mit zusammengekniffenen Augen auf Robert. »Peng! Peng!«

Der springt auf, schaut das Kind an, dreht sich dann schnell um, als ob ein Geräusch hinter ihm ihn irritiert hätte. Er geht zögernd weiter, spricht ganz leise. Der Junge ist lachend weitergerannt.

»Am Telefon war ein Mann. Er sprach fehlerlos deutsch, aber mit einem starken osteuropäischen Akzent, wie ich ihn von Sergej kannte. Er bat mich, meinen Freund ans Telefon zu holen. Ich konnte nur sagen: ›Er ist tot.‹ Dann war es am anderen Ende der Leitung einen Augenblick still. Ich hörte ihn atmen. Dann sagte er: ›Fahren Sie nach Berlin. Sergejs Vater muß Sie sprechen. Rufen Sie jeden Morgen folgende Nummer an‹, er sagte mir die Zahlen, ›warten Sie so lange, bis sich jemand meldet. Sehen Sie zu, daß niemand von Ihrer Reise erfährt. Es könnte sonst auch für Sie gefährlich werden. Sergej wurde umgebracht. Kommen Sie?‹ Natürlich habe ich ja gesagt.«

Schon wieder dreht er ruckartig den Kopf nach hinten. Seine Angst ist ansteckend. In diesem heiteren sonnigen Park sehe auch ich plötzlich hinter jedem Baum oder Gebüsch eine tödliche Gefahr lauern. Ich möchte zurück in die schützende Hülle des Autos und sage es ihm. Er hat den gleichen Wunsch. Wir haben es nicht abgesprochen, aber unsere Schritte werden immer schneller, zum Schluß laufen wir.

Als wir im Auto sitzen, lächeln wir uns zu, als hätten wir gemeinsam eine große Gefahr überstanden. Und während wir über Land fahren, spricht Robert Börgel über den Streit mit seinem Vater, den er am Abend nach dem Mord zur Rede stellte, bevor er weiter nach Berlin fuhr. Er wollte ihn zwingen, ihm zu erzählen, was er mit seinem Freund besprochen habe. Er wollte wissen, was diese Äußerung von Sergej zu bedeuten hatte. Er bekam nur ein »Keine Ahnung, nicht die leiseste Idee« zur Antwort.

Er hatte sich nichts dabei gedacht, als an einem der Wochenenden, die er mit Sergej bei seinen Eltern verbrachte, sein Vater seinen Freund väterlich um die Schultern faßte, um ihm den Garten zu zeigen. »Mein Vater macht das mit jedem Besuch. Er ist stolz, daß bei uns so viele seltene Pflanzen wachsen und gedeihen. Das ist sein Hobby. Er blieb dabei, daß er auch diesmal nur über seine Pflanzen gesprochen habe. Mein Verdacht, daß damals über ganz andere Dinge geredet wurde, bestätigte sich, als ich aus dem Safe im Arbeitszimmer meines Vaters eine Mappe mit geheimen Unterlagen habe mitgehen lassen. Eine sehr interessante Lektüre. Doch wie es genau gelaufen ist, weiß ich erst seit gestern. Denn gestern hat sich bei meinem täglichen Anruf endlich jemand gemeldet, und gestern habe ich mich mit Sergejs Vater getroffen.«

Wir fahren über eine Landstraße, die links und rechts von Bäumen eingegrenzt ist. Das, was dieser junge Mann mir erzählt, ist für mich so unvorstellbar, so fern von allem, was ich bisher erlebt und kennengelernt habe, daß es mir in gewisser Weise den Boden unter den Füßen wegzieht. Ich komme mir vor wie in einem alten Film, als man noch mit diesen Tricks arbeitete, das Auto steht, und vor mir wird das Bild dieser Allee auf eine Leinwand projiziert.

Dieses Gefühl, alles nur zweidimensional zu sehen, bleibt auch, nachdem ich mich von Robert Börgel getrennt habe. Vielleicht ist das ein Trick meines Unterbewußtseins, das sich weigert, das, was mir eben als Realität vorgestellt worden ist, als solche zu akzeptieren.

Von der U-Bahnstation aus, an der er mich abgesetzt hat, versuche ich, Fritz zu erreichen. Seine Stimme zu hören hätte mir gutgetan. Aber er ist nicht da. Der Anschluß von Sabines Freundin ist besetzt, als ich ihr mein Kommen ankündigen will. Also muß sie zu Hause sein. Ich bin sehr gespannt, was sie für ein Gesicht macht, wenn ich vor der Tür stehe. Mit mir rechnet sie ja ganz bestimmt nicht. Ich muß mir noch eine Erklärung einfallen lassen, woher ich weiß, wo sie wohnt, denn ich soll ihr ja noch nicht erzählen, mit wem ich mich getroffen habe. Ob sie weiß, was Robert für sie empfindet? Das müßte sie doch sehr glücklich machen. Ich fand es wunderschön, wie er über sie gesprochen hat, sein Gesicht, als er erzählte, wie sie sich kennengelernt haben.

»Sie können sich meinen Schrecken vorstellen, als da eine

wildfremde Person in diesen Irish Pub kam und nach mir fragte. Wieso sucht die mich ausgerechnet hier? Woher weiß sie, daß ich in Berlin bin? Ich hatte doch weisungsgemäß niemandem davon erzählt. Sehen Sie, ich wußte ja nicht, auf was ich warten sollte. Jeden Tag die Telefonnummer anrufen. Das war alles. Und wie paßte da diese Frau ins Bild? Wer hatte sie geschickt? Das mußte ich herausfinden. Das war nicht schwer.« Er lächelte. »Sie kennen ja Sabine. Nur wieso mein Vater ausgerechnet einen Menschen wie sie beauftragt hat, ist mir bis heute ein Rätsel.«

Darüber konnte ich ihn aufklären. Zum ersten Mal wirkte er gelöst, als er ihr mit einem lauten Gelächter seine Hochachtung aussprach.

»Irgendwie habe ich es sofort gespürt, als sie reinkam. Sie ist etwas Besonderes. Ich wollte es erst nicht wahrhaben. Ich dachte, machst dir einen Witz draus, ziehst mit ihr durch die Kneipen und läßt sie dich suchen, während du neben ihr stehst. Ich wollte schon mit mir wetten, daß sie es niemals merken wird. Aber in dem Moment, als ich sie küßte, begriff ich es schlagartig. Glauben Sie an Wunder?«

»Ich?«

Nachdem, was er mir erzählt hatte, fällt es mir schwer, noch dran zu glauben. Aber außerhalb dieser verbrecherischen Welt haben sie schon nach wie vor ihren Platz.

»Ja, grundsätzlich ja. Und ich habe auch schon das eine oder andere erlebt.«

»Sehen Sie, ich bis zu diesem Kuß nicht. Ich habe mich systematisch zum Zyniker entwickelt. Ich habe zuviel zu früh über menschliche Schwächen erfahren, über Lügen, Taktieren und Hinterhältigkeit. Meine Eltern glaubten, das alles nicht vor mir verheimlichen zu müssen. Sie sehen mich als ihren Sohn, den die gleichen Impulse vorantreiben. Aber ich verachte sie.«

Der Schock traf mich unvorbereitet. An diese Möglichkeit hatte ich nie gedacht. Wieso eigentlich nicht? Von der Struktur der Eltern-Kind-Beziehung her gesehen, ist das doch durchaus gegeben. Könnte ich es ertragen, von meinen Kindern verachtet zu werden? Ich glaube nicht. Was kann ich tun, um das zu verhindern?

»Ehrlich sein.«

Ich bin zusammengezuckt. Hatte ich laut gesprochen?

»Ich habe mich immer um Ehrlichkeit bemüht und wurde dafür ausgelacht. In der Welt, in der ich groß geworden bin, gilt das als Dummheit. Sabine ist der erste Mensch in meinem Leben, der durch und durch ehrlich ist. Damit meine ich nicht, daß sie nicht auch ein paar Tricks kennt, sich nicht verstellen kann. Aber das ist nur die Oberfläche, in ihrem Innern kann sie nicht lügen. Das erkannte ich alles bei diesem Kuß. Dabei hatte ich gar nicht vor, sie zu küssen. Aber das war das einzige, was mir in dem Moment einfiel. Denn gerade als wir den Pub verließen, stieg Sergejs Mörder aus einem Taxi. Durch die Umarmung war ich für ihn verdeckt, konnte warten, bis er und sein Begleiter im Pub verschwunden waren. Denn ihn hätten mein Zwei-Wochen-Bart und die lächerliche Brille nicht getäuscht.

Nach diesem Kuß, als ich schlagartig begriffen hatte, daß ich dem ersten Menschen in meinem Leben begegnet bin, dem ich wirklich nahe sein will, wollte ich eigentlich alles gleich aufklären. Aber ich befürchtete, daß dann, ehe etwas angefangen hatte, alles schon zu Ende sein würde. Daß ich vielleicht nicht mehr als ein gelöster Fall für sie bedeuten würde, daß ich keine Chance mehr bekäme. Deshalb habe ich das Spiel weitergespielt. Das war falsch. Wie falsch, begriff ich erst, als ich sie am nächsten Abend in fröhlichem Gespräch mit diesem Killer sah. Stellen Sie sich meine Panik vor.

In der Nacht, als Sabine und ich miteinander geschlafen haben, was für uns beide natürlich, zwangsläufig und selbstverständlich war, sagte ich mir: Hier ist zum ersten Mal in deinem Leben ein Mensch, den du lieben kannst und der dich liebt. Und was tue ich? Ich bringe diesen Menschen in größte Gefahr, nicht zuletzt dadurch, daß ich ihm meine Identität verheimliche, ihm nicht sage, welche Gründe mich nach Berlin geführt haben. Ich wagte es in der darauffolgenden Nacht nicht, mich ihrer Wohnung zu nähern. Ich glaubte, nicht gewieft genug zu sein, einen Verfolger abschütteln zu können. Denn daß Sebastian mich verfolgte oder zumindest versuchte, meine Spur zu finden, beziehungsweise über mich eine andere Spur, hat sich ja durch das Gespräch mit

Sergejs Vater bestätigt, wie Sie wissen. Und welche Ziele er verfolgt, ist ja wohl auch klar. Also überlegen Sie es sich gut, ob Sie diesem Treffen zustimmen. Es könnte auch für Sie gefährlich werden.«

»Ich komme, ich komme auf jeden Fall.«

»Gut. Wir treffen uns um achtzehn Uhr an der Bushaltestelle gegenüber der Nationalgalerie. Wir kennen uns nicht, aber steigen gemeinsam in den Bus Nummer einhundertneunundzwanzig Richtung Hermannplatz und an einer x-beliebigen Haltestelle aus. Sie müssen uns nur folgen. Die Unterlagen über die Machenschaften unseres Geheimdienstes und die Rolle, die mein Vater dabei spielt, sind in meiner Tasche, die ich bei Sabine deponiert habe. Mein Vater ist ein ordentlicher Mensch. Niederschriften von Telefonüberwachungen, Observationsberichte, Wortprotokolle. Ich gebe sie Ihnen sobald wie möglich. Sagen Sie Sabine noch nichts über meine wahre Identität, wenn Sie sie sehen. Das will ich selbst tun. Morgen, wenn ich Sergejs Vater in Sicherheit weiß und alles vorbei ist. Ich hoffe, daß sie die Gefühle, die sie einem gewissen Rolf Bergmann entgegenbringt, auch auf einen Robert Börgel übertragen kann. Und ich bin sicher, ich kann sie davon überzeugen, daß sie diese Papiere nicht meinem Vater übergibt, sondern versteht, daß der Inhalt veröffentlicht werden muß. Und dann können wir diesen Rolf Bergmann vergessen.«

Genau diesen Entschluß ruft sich Sabine jetzt auch wieder ins Gedächtnis. Heute nacht schon hatte sie sich das fest vorgenommen. Doch es ist schwerer, als sie dachte. Und gleich seinem Vater zu begegnen erleichtert diese Absicht auch nicht. Er hat sie zu sich nach Hause gebeten. »Da sind wir ungestörter.« Ihr ist alles recht, wenn sie nur möglichst schnell diese Papiere los wird. Sie weiß noch nicht, wie sie es begründen soll, daß sie seinen

Auftrag nur unvollständig ausgeführt hat. Sie kann ihm unmöglich die Wahrheit sagen. Das wäre das Ende ihrer kaum begonnenen Karriere. Sie wird ihm sagen, daß sie zwar seinen Sohn gefunden, aber seine Spur wieder verloren habe, daß sie sich aber außerstande sehe, die Suche wieder aufzunehmen, weil... Ja, weil was? Ein neuer Auftrag, der schon vorher terminiert war? Schön und gut. Aber warum hatte sie dann nicht abgelehnt oder auf den zeitlichen Engpaß verwiesen, als Herr Börgel damals zu ihr kam? Und die Rolle, die sie tagelang so erfolgreich gespielt hatte, um sie dann in Wirklichkeit tatsächlich übernehmen zu müssen, die der verlassenen Braut, ist ja in diesem Haus völlig fehl am Platze.

Herrn Börgels Zuhause müßte man wohl eher als Festung bezeichnen. Eine übermannshohe Mauer läuft rund um das Grundstück, drei Reihen Stacheldraht obendrauf. Das Tor ist aus Stahl, von scharfen Zacken abgegrenzt. Von den Pfosten links und rechts nimmt eine Kamera sie ins Visier, als sie auf die Klingel drückt. Eine Frauenstimme fragt:

»Ja, bitte?«

Nachdem sie ihren Namen genannt hat, öffnet sich das Tor mit einem leisen Surren und gibt einen gepflasterten Weg frei, der zu einem Bungalow führt, der wie ein L gebaut ist. In der Eingangstür steht eine Frau in einem weißen ärmellosen Hemdblusenkleid, als Farbfleck ein roter Lackgürtel, dessen Farbe sich im Lippenstift und dem Nagellack an Fingern und Zehen wiederholt. Rolfs Augen, das ist das erste, was Sabine registriert. Mit einem ärgerlichen Kopfschütteln versucht sie, diesen Gedanken wegzuschieben. Kann es aber nicht verhindern, daß sie in diesem sehr gepflegten Gesicht, das von kurzen hellbraunen Haaren eingerahmt wird, nach weiteren Ähnlichkeiten sucht. Ihr ist übel.

»Frau Reichert? Guten Tag. Ich bin Gabriele Börgel. Mein Mann erwartet Sie schon. Er ist des Lobes voll über Ihre Arbeit.«

Was soll das denn heißen? Aber da kommt ihr der Herr Minister schon mit ausgebreiteten Armen entgegen. Er wird sie doch nicht umarmen wollen? Bitte, das nicht. Sie hat ein Loch im Bauch, und das ist eiskalt, so kalt, daß es schmerzt. Abwehrend hält sie ihm den großen Umschlag entgegen, in den sie den Schnellhefter gesteckt hat. Er nimmt ihn mit der Linken, drückt ihn an seine Brust, streckt ihr seine Rechte entgegen, umschließt ihre Hand, fest.

»Danke.«

Er schaut sie mit einem Ausdruck an, als hätte sie ihm das Leben gerettet. Er will ihre Hand gar nicht mehr loslassen.

»Gehen wir hier hinein.«

Er führt sie in ein Wohnzimmer, das über die gesamte Breite des einen Flügels geht. Alles ist in Weiß und Creme gehalten. Die Terrassentüren stehen weit offen, weisen in einen üppig blühenden Garten. Kaum haben sie das Zimmer betreten, wird Sabine mit unzähligen Fotografien von Rolf – das heißt hier ist er ja Robert – konfrontiert. Auf dem Flügel, natürlich der auch in Weiß, auf dem Sideboard an der linken Wand und auf einem kleinen Sekretär mit wunderschönen Intarsienarbeiten an der anderen Seite des Zimmers stehen sie alle dekorativ aufgereiht. Und über einem der drei im Zimmer stehenden Sofas, alle cremefarben, hängt sein Konterfei in Öl.

»Setzen Sie sich doch, setzen Sie sich.«

Sie sucht sich einen Platz, von dem aus sie möglichst dieses Kinder- Jungen-, Männergesicht nicht sehen muß, und schaut konzentriert hinaus in den Garten.

»Einen wunderschönen Garten haben Sie da.«

»Nicht wahr.« In der Stimme des Hausherrn liegt der Stolz des Schöpfers. »Das ist meine ganz private Leidenschaft.«

»Möchten Sie Kaffee oder Tee?«

Bitte geben Sie mir einen Schnaps, wäre die richtige Antwort gewesen, aber höflich sagt sie:

»Kaffee, bitte.«

Frau Börgel verläßt das Zimmer, ihr Mann hat mittlerweile den Schnellhefter aus dem Umschlag genommen, blättert darin herum.

»Wunderbar, ganz wunderbar. Gute Arbeit. Sehr gute Arbeit. Ich bin sehr zufrieden. Sie haben sich ja sicher davon überzeugt, daß diese Papiere wirklich nicht für die Öffentlichkeit bestimmt sind.«

»Bitte?« Was meint er damit? Nimmt er an, daß sie hineingeschaut hat? Erschrocken wehrt sie ab. »Nein, nein – ich habe sie nicht gelesen. Es steht doch ›Geheim‹ drauf.«

Er steht auf, nimmt ihre beiden Hände in die seinen, drückt sie noch einmal fest, stumm, setzt sich dann wieder.

»Aber, was Ihren Sohn betrifft...«

»Er hat angerufen. Es ist alles geklärt. Sie haben das großartig gemacht. Dieser Meinung ist er auch.«

Muß Rolf sie so demütigen? Es noch auf die Spitze treiben. Es scheint ihm Spaß zu machen, sie zu quälen. Dabei war sie sich so sicher, er wäre anders. Wie konnte sie sich nur so täuschen lassen? Doch wenn eine Verstellung so perfekt ist wie seine in jener Nacht, wie sollte sie nicht darauf reinfallen? Seine Worte, seine Zärtlichkeiten waren so überzeugend, sein Gesicht so offen und ehrlich. Der Schmerz in ihrem Magen ist kaum noch auszuhalten. Aber sie lächelt weiter höflich, als Herr Börgel nochmals wiederholt:

»Gute Arbeit, sehr gute Arbeit. Selbstverständlich werde ich Sie weiterempfehlen. Habe es heute morgen schon getan, nachdem Ihre Sekretärin angerufen hatte. Ein Geschäftsfreund von mir ist in Schwierigkeiten. Er bittet Sie, ihn noch heute abend anzurufen. Scheint wirklich dringend zu sein. Hier ist seine Nummer.« Er reicht ihr einen Zettel. »Und dies«, er drückt ihr einen Umschlag in die Hand, »ist Ihr Erfolgshonorar. Die endgültige Abrechnung erfolgt dann, sobald Sie mir durch Ihr Büro die Kostenaufstellung haben zukommen lassen.«

Sabine hält den Umschlag in der Hand, starrt ihn an. Sie fühlt sich auf eine besondere Art betrogen.

»Frau Kremer?«

Ich begreife nicht gleich, daß dieses Fragezeichen in der Stimme mir gilt, als ich schon ziemlich außer Atem im dritten

Stock feststellen muß, daß noch einmal einundzwanzig Stufen vor mir liegen. Ich nehme mir vor, endlich einmal wieder etwas für meine Kondition zu tun. Zum Beispiel wie früher jeden zweiten Tag zu joggen. Die Männerstimme trifft mitten in meine löblichen Vorsätze. Auf dem obersten Treppenabsatz steht ein dunkelhaariger Mann, erwartet mich mit einem Lächeln.

»Nein, tut mir leid. Ich bin nicht Frau Kremer.«

»Schade. Dann kommen Sie wohl auch wegen des Zimmers? Aber es ist niemand da. Ich habe schon zweimal geläutet.«

Ich weiß nicht, warum. Vielleicht liegt es an meiner allgemeinen Verunsicherung, die das, was Robert Börgel mir erzählt hat, in mir auslöste, noch wahrscheinlicher, daß ich nachhaltig von seiner Angst angesteckt bin. Ich mag diesem Menschen nicht erzählen, wen ich in der Wohnung von dieser Susanne Kremer besuchen will. Ich will ihm noch nicht einmal zeigen, daß ich mich für diese Wohnung überhaupt interessiere. Also klingele ich kurz entschlossen an der gegenüberliegenden Tür. Gebe Gott, daß diese Corinna Beyer, die ihr Namensschildchen mit rosa Blümchen umkränzt hat, nicht zu Hause ist. Was sage ich bloß, wenn sie die Tür aufmacht? »Verzeihen Sie, ich komme von den Zeugen Jehovas.« Kein besonders intelligenter Einfall. Dieser Mensch geht auch nicht weg, steht da und scheint zu warten, ob mein Versuch erfolgreich ist. Ich habe Glück, hinter der Wohnungstür rührt sich nichts. Ich drehe mich um, zucke mit den Schultern.

»Pech für uns beide.«

»Ich bin sehr froh, daß Sie sich nicht auch für das Zimmer interessieren. Gegen Sie wäre ich nicht gerne als Konkurrent angetreten.«

Das nenne ich einen direkten Vorstoß, ohne Schnörkel und Schleifchen. »Plumpe Anmache!« würde meine Tochter Lisa sagen. Er geht neben mir die Treppe runter. Mein Schweigen scheint ihn nicht zu stören.

»Kann ich Sie irgendwohin mitnehmen? Ich bin mit dem Auto da.«

Ein verlockendes Angebot. Weiß ich, ob ich gleich ein Taxi finde, und die U-Bahn ist bei dieser Hitze nun wirklich kein erstrebenswerter Aufenthaltsort. Mir bleibt nur noch eine Stunde bis zum verabredeten Zeitpunkt. Gerade ausreichend, um mich im Hotel kurz unter die Dusche zu stellen. Trotzdem lehne ich mit höflichem Lächeln ab.

»Schade. Ich hätte Sie gern ein Stück mitgenommen. Aber vielleicht begegnen wir uns ja zufällig demnächst wieder am gleichen Ort. Bei unserm nächsten Versuch. Es würde mich freuen.«

Der ist hartnäckig. Er nimmt meine Hand, deutet doch tatsächlich einen Handkuß an. Ich schaue ihm nach, wie er über die Straße zu seinem Auto geht. Ein gutaussehender Mann, obwohl ich ja eigentlich blonde Männer attraktiver finde. Aber sein rollendes R ist einfach unwiderstehlich.

Ich überlege kurz, ob ich noch mal in den vierten Stock hinaufgehen und mich selbst davon überzeugen soll, daß niemand da ist. Schließlich habe ich nur seine Aussage. Und vorhin hatte sie doch noch telefoniert. Aber die Zeit wird knapp. Außerdem sitzt dieser Mensch drüben in seinem Auto, schaut zu mir herüber, als wolle er sehen, was ich treibe. Ich rufe Sabine besser später an. Vielleicht kann ich sie ja abends zum Essen einladen.

Ich schaffe es mit Müh und Not, aber zwei Minuten vor sechs bin ich am verabredeten Ort. Eine Standpauke meines Chefs hatte mich so lange aufgehalten. So wütend habe ich ihn selten erlebt. Meine Eigenmächtigkeit sei ungeheuerlich. Ohne Absprache einfach nach Berlin zu fahren, es hätten ganz andere Termine für mich vorgelegen. Ich solle mir ja nicht einbilden, daß er im nachhinein diese Spritztour als Dienstreise akzeptieren werde; als ob mein Auftritt in Bonn nicht schon genug Aufsehen erregt hätte. Von höchster Stelle sei schon eine Beschwerde eingegangen. Aha, unser Ministerpräsident war auch schon wieder tätig. Ich komme kaum dazu, ein paar Worte zur Erklärung loszuwerden. Der Geifer kommt förmlich durchs Telefon. Wieso tobt er eigentlich so? Er selbst hat mich doch nach Bonn geschickt, um durch irgendwelche hinterhältigen Finten etwas Exklusives herauszulocken. Und dank meines unbotmäßigen Dazwischengehens hat er doch seinen Triumph gehabt. Wir waren die ersten, die über den Plutoniumschmuggel berichtet haben. Offensichtlich hat das aber irgend jemandem nicht gepaßt. Und nun bin ich an allem schuld. Wäre nicht das erste Mal. Immerhin gestattet er mir einen kleinen Satz zur Verteidigung.

»Ich bin einer sensationellen Geschichte auf der Spur.«

»Das will ich für Sie hoffen! Es wäre nicht von Vorteil, wenn sich Ihre Eigenmächtigkeit als Flop erweisen würde.«

Im Augenblick sieht es allerdings ganz danach aus. Ich stehe schon eine Viertelstunde an dieser Haltestelle, und weit und breit kein Robert Börgel in Begleitung eines russischen Atomphysikers. Einen Bus habe ich schon ohne mich abfahren lassen, mir geflissentlich den Fahrplan angeguckt und so getan, als würde ich diverse Abfahrtszeiten notieren. Und wenn sie nun genau in diesem Bus saßen? Aber er hat doch gesagt, wir treffen uns an der Haltestelle und steigen gemeinsam ein.

Als sich schon wieder fahrplanmäßig ein Bus nähert, stelle ich mich an die Ampel. Als sie auf Grün umspringt, überquere ich die Straße und gehe zielsicher auf die Nationalgalerie zu. Ich überlege, ob ich hineingehen und vom Foyer aus die Haltestelle beobachten soll. Wäre auf jeden Fall angenehmer, als hier draußen so herumzustehen. Aber leider gibt es da eine Böschung, die mir den Blick versperrt, und außerdem ist die Galerie um halb sieben sowieso schon geschlossen. Also gehe ich wieder zurück, schaue, wie ich hoffe, sehr unauffällig die Straße links und rechts hinunter: keine mir in etwa bekannte Person zu sehen.

Ich schlendere ein Stück die Straße entlang, bleibe stehen, drehe mich um, die Haltestelle immer im Blick, und gehe dann auf der anderen Seite langsam wieder zurück. Unauffällig kann man mein Tun wirklich nicht nennen.

Langsam steigt Wut in mir hoch. Ich weiß noch nicht, ob auf mich, die hier in Berlin sinnlos die Straße rauf und runter läuft, mit dem Bewußtsein, daß meinen wütenden Chef nur eine wirklich sensationelle Geschichte versöhnen kann, oder auf diesen Menschen, der sich Robert Börgel nennt und dessen Anweisungen ich so bereitwillig gefolgt bin, nur weil er so überzeugend war.

Ich entschließe mich, in dieses griechische Lokal vorn an der

Ecke zu gehen, das mich mit seinem Knoblauchduft verfolgt. Ärger macht mich immer hungrig. Außerdem habe ich seit heute morgen nichts gegessen. Von dort aus habe ich zwar die Haltestelle nicht mehr im Blick, aber wenn jemand mit mehr als einer Stunde Verspätung zu einem Treffpunkt kommt, wird er sich doch als erstes nach dem nächstliegenden Lokal umsehen. Soviel Intelligenz wird dieser junge Mann doch haben.

Entweder hat er sie nicht, oder er hat mich ernsthaft und unumstößlich versetzt. Ich rufe noch zweimal die Nummer von dieser Susanne Kremer an, aber Sabine meldet sich auch nicht. Bei ihrer Sekretärin im Büro anzurufen fällt mir leider erst nach dem Essen ein. Da ist natürlich nur noch der Anrufbeantworter eingeschaltet. Gegessen habe ich, auch noch einen Kaffee und einen Ouzo zum Trost zu mir genommen. Jetzt gehe ich. Dreieinhalb Stunden sind ein faires Angebot an Herrn Börgel. Aber jetzt ist es genug. Doch ich will ja nichts unversucht lassen und rufe auch in meinem Hotel an. »Tut mir leid, gnädige Frau, für Sie liegt keine Nachricht vor.«

Keine ist entschieden zuwenig. Wenigstens Fritz hätte sich melden können.

Ich stehe auf der Straße. Es ist ein wunderschöner warmer Sommerabend. Was mache ich jetzt damit? Im Hotel auf dem Bett liegen und vor mich hingrübeln? Mir überlegen, wie ich morgen in München meine Haut retten kann, wenn ich mit leeren Händen zurückkomme.

»Die Unterlagen über die Machenschaften unseres Geheimdienstes und die Rolle, die mein Vater dabei spielt, sind in meiner Tasche, die ich bei Sabine deponiert habe.« Plötzlich ist Robert Börgels Stimme so deutlich in meinem linken Ohr, daß ich mich umdrehe, weil ich erwarte, ihn hinter mir stehen zu sehen. Doch leider erweist sich das als Sinnestäuschung. Wenn ich wenigstens irgendwie an diese Unterlagen herankommen könnte. Wo steckt bloß Sabine?

Ich werde noch mal zu dieser Wohnung fahren, ihr einen Zettel mit meiner Hoteladresse durch den Briefkastenschlitz in der

Wohnungstür werfen. Vielleicht habe ich ja Glück, und sie meldet sich noch. Schließlich habe ich ja erst vor ein paar Stunden behauptet, daß ich an Wunder glaube. Und wie ein Wink des Schicksals kommt gerade wieder ein Einhundertneunundzwanziger. Diesmal steige ich ein. Schließlich liegt der Hermannplatz nur zehn Minuten Fußweg von Sabines Unterkunft entfernt.

Es ist kurz nach zehn, als ich dort ankomme, und natürlich ist die Haustür zu. Diese spezifische Berliner Besonderheit finde ich ausgesprochen unsinnig. Aber das interessiert hier niemanden. Daß ich daran nicht gedacht habe. Jetzt stehe ich hier vor verschlossener Tür. Von wegen Wink des Schicksals. Das habe ich jetzt von meinem Kinderglauben. Doch da nähern sich Stimmen im Hausflur, und die Tür wird von innen geöffnet. Ein junges Paar kommt heraus, und ich komme herein.

Vier mal einundzwanzig Stufen. Gut, daß ich das nicht jeden Tag machen muß. Ich kann mir nicht vorstellen, mich daran gewöhnen zu können. Das Herz schlägt mir bis zum Hals, als ich oben ankomme. Sicherheitshalber drücke ich noch einmal lange auf den Klingelknopf. Nichts rührt sich. Ich reiße eine Seite aus meinem Notizblock, schreibe mein Hotel und die Telefonnummer auf, drunter: »Bitte rufe mich sofort an. Es ist sehr wichtig« – letzteres dick unterstrichen –, »Anna.«

In dem Moment, als ich die Briefkastenklappe hochhebe, um den Zettel einzuwerfen, weiß ich, hinter der Tür steht jemand. Ich halte den Atem an. Die Angst trifft mich in den Magen wie eine harte Faust. Eine Angst, wie ich sie noch nie gekannt habe. Ich lasse die Klappe los, sie scheppert viel zu laut. Den Zettel knülle ich in der Hand zusammen, dann gehe ich betont lässig die Treppe wieder hinunter. Schweiß strömt mir aus allen Poren, läuft mir in kleinen Rinnsalen vom Haaransatz in die Augen. Wie ich es schaffe, nicht zu rennen, weiß ich nicht. Ich spüre im Rükken genau die Stelle, wo mich die Kugel treffen wird, direkt unter dem linken Schulterblatt.

Auf der Straße drehe ich mich immer wieder um, weil ich das Gefühl habe, verfolgt zu werden. An der Ampel in der Sonnenallee steht ein Taxi, wartet auf Grün. Ich reiße die Tür auf und lasse mich in den Sitz fallen. Eigentlich möchte ich, daß er mich so schnell wie möglich nach Hause, nach München fährt. Aber ich bin schon froh, daß er sich überreden läßt, mich zu meinem Hotel zu bringen, obwohl er eigentlich schon Feierabend hat.

»Ham Se nich jesehn, Frollein, ick hatte det Taxischild schon ausjeschaltet.«

Ich sitze schräg in der linken Ecke, beobachte durch das Rückfenster, ob uns ein Auto verfolgt. Ein dunkelblauer BMW bleibt lange hinter uns. Ein einzelner Mann sitzt am Steuer. Sein Gesicht kann ich nicht erkennen. Es ist schon dämmrig. Ich rutsche so weit wie möglich in die Ecke, überlege, ob eine Kugel so viel Durchschlagskraft hat, daß sie die Karosserie durchschlagen könnte. Ich merke, daß ich die Hände zwischen meine Knie presse. Ich zittere. Kurz vor meinem Hotel biegt der BMW links ab. Ich müßte erleichtert sein, aber meine Angst weicht nicht, auch nicht das Brennen an der Stelle unter dem linken Schulterblatt. Der Weg von der Bürgersteigkante bis zum Hoteleingang kommt mir endlos vor.

Die Tür meines Hotelzimmers schließe ich zweimal ab, klemme einen Stuhl unter die Klinke. Wie früher als Kind gucke ich unters Bett und in den Kleiderschrank, ob sich dort vielleicht jemand versteckt hat. Noch einmal in dieser Wohnung anzurufen wage ich nicht. Es ist, als ob die Bedrohung auch durchs Telefon wirksam werden könnte.

Und wenn Sabine nun meine Hilfe braucht? Wenn sie zurückgekommen ist und den Eindringling überrascht hat? Oder vielleicht hat ihr dieser Jemand hinter der Tür aufgelauert. Ob ich die Polizei anrufe? Was sage ich denen? Eine Frau hat mit einem jungen Mann geschlafen, der am Morgen nach der Liebesnacht verschwunden ist. Sie hatte ihn erst am Abend vorher kennengelernt, aber er sagt, er kennt Menschen, die in den illegalen internationalen Waffenhandel verwickelt sind. Er wollte mich mit einem russischen Atomphysiker zusammenbringen, der mir eine Liste mit Namen aushändigen wollte. Die würden mich doch für verrückt erklären. –

Vielleicht ist sie ja schon nach Hause gefahren? Dieser Gedanke kommt mir erst jetzt. Damals in München hat sie mir doch ihre Karte gegeben. Steht da nicht auch ihre Privatadresse drauf? Wo habe ich das Ding bloß hingetan? Hoffentlich, hoffentlich in meine Brieftasche. Gott sei Dank, da ist sie.

Ich habe recht. Es läutet nur einmal, dann wird der Hörer abgenommen, und ich höre Sabines Stimme.

»Ja?«

»Sabine, du bist daheim? Gott, bin ich froh, dich zu hören. Ist alles o.k.?«

»Wer spricht denn da, bitte?«

»Anna. Anna Wagner. Ich bin in Berlin. Ich wollte dich treffen, war zweimal in der Fuldastraße.«

»Und warum?«

Ich spüre deutlich, wie sie überlegt, woher ich ihre Berliner Adresse habe.

»Ich wollte mit dir über Rolf Bergmann alias Robert Börgel sprechen.«

Sie hört einfach auf zu atmen, lange. Es ist beängstigend und ansteckend. Ich merke, wie ich plötzlich nach Luft ringe. Ihre Stimme ist ganz flach, als sie nach langem Schweigen sagt:

»Der Fall ist abgeschlossen.«

»Wie? Hast du ihn gefunden?«

»Ja. Selbstverständlich.«

»Ich habe mit ihm gesprochen.«

Stille. Ich höre nichts, absolut nichts.

»Sabine, bist du noch dran?«

»Ja.«

»Er hat eine Tasche bei dir stehenlassen, und darin sind Papiere, die...«

»Ich weiß. Die habe ich heute nachmittag seinem Vater übergeben.«

»Du hast was?«

»Damit ist der Fall Robert Börgel für mich erledigt.«

Aufgelegt, einfach aufgelegt. Mein Gott, das war es dann. Schon wieder kommt mir so ein blöder Spruch in den Sinn: Außer Spesen nichts gewesen. Ob Sabine weiß, welchen Dienst sie Herrn Minister Börgel erwiesen hat, wenn das stimmt, was sein Sohn mir erzählte? Jetzt erst begreife ich genau, was sie gesagt hat. Demnach wußte sie bereits, wer Rolf in Wirklichkeit ist. Seit wann? Von wem? Ich muß mit ihr reden. Vielleicht weiß sie etwas, ohne es zu wissen. Irgendeinen Hinweis, wo er sich aufhalten könnte. Sie ist mein einziger Anhaltspunkt.

Aber sie nimmt den Hörer nicht ab. Ich lasse es klingeln und klingeln, wähle immer wieder ihre Nummer. Sie bleibt stur. Sie meldet sich nicht. Nichts, absolut nichts habe ich in der Hand.

Ich brauche dringend Trost und Stütze. Ich fühle mich entsetzlich einsam und habe Angst.

Als sich Fritz meldet, breche ich in Tränen aus.

»Ich bin's, Anna.«

»Ach! – 'n Abend.«

»Ich liebe dich.«

Er sagt nichts.

»Fritz?«

»Ja?«

»Willst du mich heiraten?«

»Vielleicht.«

»Dann ist ja alles gut.«

»Anna?«

»Ja?«

»Ist bei dir alles in Ordnung?«

»Jetzt ja. Schlaf gut. Bis morgen.«

»Mach keine Dummheiten.«

»Ich werde mich bemühen.«

Ich streichle den Hörer. Wieso liege ich jetzt nicht neben ihm, kuschle mich an sein langes Kreuz und spüre seine Wärme? Statt dessen liege ich allein in einem Hotelbett. Es ist viel zu heiß. Aber die Balkontür will ich nicht aufmachen. Ein geschickter Kletterer könnte vielleicht an der Regenrinne die Fassade hochklettern. Das soll es ja, wie man so hört, immer noch geben. – Anna, wohl zu viele Krimis gelesen. – Manchmal kann ich mich ganz und gar nicht leiden. Manchmal verstehe ich mich wirklich nicht. Was mache ich überhaupt hier? Trotzdem lasse ich es bei Sabine noch einmal lange klingeln. Ergebnislos.

Sabine sitzt in ihrem Wohnzimmer und starrt auf das klingelnde Telefon, und obwohl sie es mit aller Macht zu verhindern versucht, steigen Bilder vor ihr auf. Rolf, sie weigert sich, Robert zu denken, wie er im Irish Pub mit hocherhobenen Händen zwei Gläser Guinness über die Köpfe der Menge zu ihr hin transportiert. Der Blick im Spiegel, der überraschende Kuß, aus dem mehrere wurden. Das Laufen durch Berlin Hand in Hand, seine Geschichten, die er für sie erfunden hat, diese zärtliche Nacht, in der sie das Gefühl hatte, seine Haut, seinen Geruch, seine Hände schon immer gekannt zu haben. Und dann der Satz: Warte auf keinen Fall auf mich. Sie wird es nie verstehen. Das eiskalte Loch in ihrem Magen hat ausgefranste Ränder und breitet sich aus.

Am nächsten Morgen fährt sie nach Düsseldorf zu einem Gespräch mit diesem Geschäftsfreund von Herrn Börgel. Ein neuer harter Zug liegt um ihren Mund.

Am Bahnhof überlegt sie kurz, ob sie eine Berliner Tageszeitung kaufen soll. Doch wozu? Sentimentalitäten wollte sie sich doch ab heute nicht mehr gestatten. Also liest sie auch nicht die Meldung auf Seite sechs: »Schrecklicher Unfall auf der B 2, Nähe Ausfahrt Fürstenwalde. Ein weißer Audi kam gestern gegen sechzehn Uhr wahrscheinlich wegen überhöhter Geschwindigkeit von der Fahrbahn ab. Obwohl der Wagen relativ unbeschädigt blieb, fing er sofort Feuer. Ein Defekt an der Benzinleitung könnte der Grund gewesen sein. Für die beiden Insassen, die bis zur Unkenntlichkeit verbrannten, gab es keine Rettung mehr. Die Opfer wurden noch nicht identifiziert.«

»Fakten! Frau Wagner, Fakten! Beweise. Was Sie vorbringen, sind alles nur Mutmaßungen. Und die drucken wir nicht. Dafür ist in diesem Land ein gewisses Nachrichtenmagazin zuständig. Sie sagen, Sie sollten sich mit einem russischen Atomwissenschaftler treffen, der in den internationalen Waffenhandel und den Plutoniumschmuggel verwickelt war und jetzt auspakken will, weil die Mafia angeblich seinen Sohn ermordet hat. Doch dieser Sohn hat nachweislich Selbstmord begangen.«

»Das sagt unsere Polizei. Wer aber garantiert Ihnen, daß sie recht hat und nicht ich? Sergej Svetlow hat sich ein paar Tage vor seinem Tod mit einem Verbindungsmann unseres Geheimdienstes getroffen, ein Treffen, das durch Herrn Staatsminister Börgel vermittelt wurde.«

»Sagt wer?«

»Robert Börgel.«

»Robert Börgel. Robert Börgel. Schaffen Sie mir diesen bemerkenswerten jungen Mann herbei, und wir werden sehen, ob er seine Behauptungen beweisen kann. Meiner Meinung nach handelt es sich um einen pubertären Rachefeldzug eines Sohnes gegen seinen Vater.«

»Aber das ist doch...« – kompletter Schwachsinn, wollte ich sagen, komme aber nicht dazu, weil mein Chef aufgestanden ist, um seinen Schreibtisch herumgeht und sich vor mir auf die Tischkante setzt. Er sieht mich an wie ein Psychiater seine Patientin, der er klarmachen will, daß sie an schizophrenen Schüben leidet.

»Frau Wagner, Sie müssen doch zugeben, daß sich das alles sehr nach einem Kolportageroman anhört. Sie bekommen einen Anruf von einem Menschen, der zunächst seinen Namen nicht nennen will. Immerhin muß er sehr überzeugend gewesen sein, denn Sie fahren ohne Genehmigung umgehend nach Berlin. Dort begegnet Ihnen ein junger Mann, der behauptet, der Sohn eines bekannten Politikers zu sein und nachweisen zu können, daß sein Vater diesen spektakulären Plutoniumtransport mit eingefädelt hat oder zumindest hat einfädeln lassen. Doch damit nicht genug. Er spielt auch noch ein bißchen James Bond, bringt geheimnisvolle Unbekannte als verkappte Killer in einem Studentenheim ins Spiel und will das Ganze durch die Aufdeckung eines illegalen internationalen Waffenhandels krönen. Meinen Sie nicht, daß dieser junge Mann höchstwahrscheinlich an zuviel Phantasie leidet?«

Es ist nicht so, als ob ich nicht genau das gleiche auch schon überlegt habe. Auf dem Flug von Berlin nach München habe ich nichts anderes getan, als genau darüber nachzugrübeln. Andererseits habe ich Robert Börgel kennengelernt, ihn gehört, seine Augen gesehen. In unserer Branche begegnen wir vielen Menschen, die sich wichtig machen wollen und manchmal die abenteuerlichsten Dinge erfinden. Aber dieser junge Mann war anders. Wenn ich das doch meinem Chef klarmachen könnte.

»Ich glaube Robert Börgel. Und Sie können nicht beweisen, daß es nicht genauso ist, wie er es gesagt hat. Daß über den Staatsminister Börgel ein Kontakt zwischen Sergej Svetlow und dem deutschen Geheimdienst hergestellt wurde, daß man dem jungen Russen für die Bereitschaft zur Kooperation in diesem ganz speziellen Fall, zu der er seinen Vater überreden sollte, die Einbürgerung in die Bundesrepublik, eine neue Identität, im Notfall für die ganze Familie versprochen hat. Sie können nicht widerlegen, daß der Sohn umgebracht wurde, zur Warnung an den Vater, was allerdings genau den gegenteiligen Effekt hat. Jetzt ist er bereit auszupacken. Herr Dr. Svetlow wollte mir Unterlagen anvertrauen, sie bei mir sozusagen als Sicherheit hinterlegen, falls es irgendwelche Schwierigkeiten mit den deutschen Behörden geben sollte. Er hat bisher noch keinen Grund gehabt, allzu großes Vertrauen in Politiker und ihre Versprechen zu setzen. Er vertraut nur dem Freund seines Sohnes, obwohl er oder vielleicht sogar gerade weil er diesen Vater hat. All das können Sie nicht widerlegen. Und ich kann es nicht beweisen. Aber ich weiß, daß es stimmt.«

Er klopft mir väterlich auf die Schulter und setzt sich wieder auf seinen Chefsessel.

»Ich kann mich nur wiederholen. Alles das wissen Sie nur vom Hörensagen. Sie haben keine Beweise. Schaffen Sie mir diese angeblichen Dokumente herbei oder diesen Robert Börgel, und wir reden darüber. Sollte Ihnen weder das eine noch das andere gelingen, vergessen wir das Thema. Haben Sie mich verstanden? Das ist ein zu heißes Eisen. Wir könnten in Teufels Küche kommen. Also, lassen Sie die Finger davon. Nun machen Sie nicht so ein Gesicht. Vielleicht läßt sich ja das eine oder andere, was Sie mir erzählt haben, während des Prozesses gegen die Plutoniumschmuggler verifizieren. Sollte sich dann irgendein Indiz als beweiskräftig erweisen...« Er hebt beide Hände wie ein segnender Heiland. »Aber bis dahin... bedaure.«

Ich bin in Gnaden entlassen. Ich koche vor Wut. Das bekommt alles mein Kollege Schubert ab.

»Da bringt man eine sensationelle Geschichte nach Hause, und der Alte läßt sie nicht zu. Es ist ihm zu heiß. Feigling. Wenn ich doch bloß ein paar Stunden früher in Berlin gewesen wäre, um Sabine noch zu treffen. Daß ich nicht an die Dokumente kommen konnte, bringt mich zur Weißglut.«

»Anna, versuche ihn zu verstehen. Du hast nichts in der Hand. Vergiß das nicht. Dein Informant hat dich versetzt und der russische Verräter ebenfalls.«

Das ist der Schwachpunkt. Das gebe ich zu. Ich müßte weiter recherchieren, zu Sabine fahren, sie zur Rede stellen, mich noch einmal mit der Polizei über den Doppelmord im Studentenheim unterhalten, mich nach diesem kolumbianischen Kommilitonen erkundigen. Oder ich könnte noch einen weiteren Versuch machen, meinen Beliebtheitsgrad bei Herrn Staatsminister Börgel zu steigern. Aber alle Aktivitäten in dieser Richtung wurden mir ausdrücklich untersagt. »Lassen Sie die Finger davon!«

»Das ist ja Berufsverbot.«

»Nun ja«, Schubert guckt mich über seine Brille unschuldig an, »Privatinitiativen kann einem doch niemand verbieten.«

Er hat recht. Und wie recht er hat. Also wähle ich Sabines Büronummer. Es meldet sich eine dienstbeflissene Frauenstimme, die mir erklärt, daß Frau Reichert leider nicht zu sprechen sei.

»Sie ist unterwegs. Ein neuer Auftrag. Ich kann Ihnen leider überhaupt nicht sagen, wann sie wiederkommt. Um was geht es denn? Ist es dringend? Ich kann sie ja bitten, wenn sie sich meldet, sich mit Ihnen in Verbindung zu setzen.«

Ich bin zwar überzeugt, daß sie das nicht tun wird, aber man soll nichts unversucht lassen.

»Sagen Sie ihr bitte, Anna Wagner hätte wieder angerufen. Sie möchte sich bitte umgehend mit mir in Verbindung setzen. Ich habe äußerst wichtige Informationen für sie, was ihren letzten Fall betrifft. Es geht um Leben und Tod.«

»Falls Sie den Fall Börgel meinen, der ist erfolgreich abgeschlossen. Auf Wiederhören.«

Der Versuch ging daneben, auch die Steigerung ins Melodramatische hat nichts geholfen. Es ist zum Verrücktwerden. Ich schaue mein Gegenüber an.

»Was soll ich bloß machen?«

»Robert Börgel finden.«

Diese Bemerkung entbehrt nicht einer gewissen Komik. Ich könnte ja die Detektei Reichert & Reichert damit beauftragen.

Vielleicht ist es wirklich am besten, ich vergesse die ganze Sache, konzentriere mich auf die wesentlichen Dinge meines Lebens. Wie zum Beispiel die Überlegung, wann ich nach Washington muß, um mit meinem Vorgänger die Übernahme des Büros und die Wohnungsfrage zu klären; ob ich meinen Heiratsantrag Auge in Auge mit Fritz wiederhole und ob ich im Zweifelsfall meine Kinder geknebelt und gefesselt ins Flugzeug setzen lasse.

Aber ich kann diese Geschichte doch nicht so einfach zu den Akten legen. Warum meldet sich der Mensch nicht? Warum hat er mich versetzt? Hat Herr Dr. Svetlow es sich anders überlegt, oder war es ihm doch zu gefährlich, jemanden von der Presse ins Vertrauen zu ziehen? Aber als höflicher Mensch sagt man doch ab. Robert Börgel weiß doch, wo ich arbeite. Und er hat meine Privatnummer. Schließlich hat er mich in jener Nacht ja zu Hause angerufen.

»Wo ihn finden? Wo den Kerl finden?«

»Ja, das...«, der Kollege Schubert blättert in den Meldungen, die gerade per Fax durchgegeben worden sind, »...Wie und Wo kann ich dir auch nicht beantworten. Da mußt du dir schon selber was einfallen lassen. Schließlich...«

Warum redet er nicht weiter? Er stößt einen scharfen Pfiff aus. Ich schaue ihn an, er reicht mir ein Fax über den Tisch.

»Für dich.«

Eine Meldung der DPA. Ich lese sie einmal, zweimal und begreife sie erst beim dritten Mal.

»Tragischer Unglücksfall. Der Sohn des Staatsministers Börgel ist beim Surfen auf Hawaii ertrunken. Der Vater ist tief erschüttert, verweigert jeden Kommentar. Die Mutter liegt mit einem Nervenzusammenbruch im Krankenhaus.«

Ende

Frauen in spannender Gesellschaft

Helga Anderle
Sag beim Abschied leise Servus
Wiener Mordgeschichten
Band 12859

Britt Arenander
Flirt mit fatalen Folgen
Band 13275

Pat Barker
Die Lockvögel
Band 12309

Maria Benedickt
Ein Hund in Teufels Küche
Band 13720

Binder & Ko
Der Mörder war wieder der Gärtner
Band 13527

Sabine Deitmer
Bye-bye, Bruno
MännerMord-Geschichten
Band 4714

Sabine Deitmer
Auch brave Mädchen tun's
Mordgeschichten
Band 10507
Dominante Damen
Band 12094
Kalte Küsse
Band 11449
NeonNächte
Band 12761

Sarah Dreher
Jenseits
Ein Stoner-McTavish-Roman
Band 12825
Stoner Goes West
Band 11556

Miriam Grace Monfredo
Das Erbe von Seneca Falls
Band 12830

Anna Johann
Ihr erster Auftrag
Band 13535

Dagmar Kekulé
Paulinas wilde Reiter
Band 13680

Barbara Neely
Night Girl
Band 12316

Marieluise Ritter
Requiem für einen Macho
Band 13526

Shirley Shea
Jagdtrieb
Band 12824
Katzensprung
Band 11021

Katrin & Erik Skafte
Lauter ganz normale Männer
Ein Krimi – Nur für Frauen
Band 4732

Fischer Taschenbuch Verlag

fi 23/ 17

Anna Johann

Geschieden, vier Kinder,
***ein Hund,* na und?**

Band 11118

Es war einmal eine Liebe – so fangen viele Geschichten an, so auch die von Anna. Es war eine Liebe, neben der nicht mehr viel Raum für andere Dinge, andere Interessen, andere Menschen blieb und die selbstverständlich ein ganzes Leben lang dauern sollte. Und dann ist diese Liebe plötzlich verschwunden – ohne großes Trara, ohne Tellerschmeißen und Morddrohungen. Sie wurde ausgelöscht durch eine große Fremdheit, die Anna zu Anfang nicht wahrhaben wollte und gegen die sie gekämpft hat. Und doch ist er plötzlich da, dieser Tag, an dem sie allein dasteht, die Erinnerung an diese Liebe noch im Kopf, den sichtbaren Beweis – vier Kinder – vor Augen. Sie nimmt diese Herausforderung an, auch in ihrem Beruf, und beginnt, sich langsam Stück für Stück zu einem eigenständigen Wesen zusammenzusetzen, will ihr Leben auf die eigenen Füße stellen. Sie hat Angst, aber sie merkt auch, wie diese Angst kleiner wird und welche Freude jeder Schritt in ihr auslöst, der sie ein kleines Stück weiterbringt.

Fischer Taschenbuch Verlag

fi 1992 / 3

Anna Johann

Ich liebe meine Familie - ehrlich

Roman

Band 13082

Anna Wagner hat allen Grund, stolz auf sich zu sein. Sich nach einer Scheidung beruflich durchzusetzen und dabei auch noch für vier Kinder, einen Hund und eine Katze sorgen zu müssen erfordert neben dem Quentchen Glück, das ihr geschenkt wurde, sehr viel Energie und Zähigkeit. Doch jetzt hat sie es geschafft. In ihrem Beruf als Journalistin ist sie erfolgreich. Größere Katastrophen mit ihren Kindern sind ihr erspart geblieben, wenn auch vier hoffnungsvolle Sprößlinge immer wieder für Überraschungen gut sind. Zwar sorgt die unverhoffte Begegnung mit einer alten Liebe für einige Turbulenzen, doch grundsätzlich gestaltet sich auch ihre Beziehung zu Fritz, ihrem Lebensgefährten, sehr positiv. Daß Fritz die Familie um seine Tante bereichert, nimmt Anna dankbar an. Sie, die früh ihre Mutter verlor, entwickelt eine starke Zuneigung zu dieser alten Dame, die erwidert wird. Und so kann sie mit Recht behaupten: Ich liebe meine Familie. Daß dieser Satz zu einem Stoßseufzer wird, liegt nicht zuletzt an dem sehr eigenwilligen Charakter des neuen Familienmitglieds. Tante Johanna hat ihre eigene Meinung über das Leben im allgemeinen und die rätselhaften Vorgänge, die sich in dem Seniorenheim, in dem sie lebt, ereignen, im besonderen. Ihre kriminalistische Neugier ist nicht ungefährlich, wie sich bald zeigen wird. Und auch Anna wird in die Ereignisse hineingezogen.

Fischer Taschenbuch Verlag

fi 2085 / 3

Die Frau in der Gesellschaft

Cornelia Arnhold
Bastardlieben
Erotische Geschichten
Band 12328

Kerstin Bauer
Hommage an eine Schlampe
Roman
Band 13338

Martine Carton
Etwas Besseres als einen Ehemann findest du allemal
Roman
Band 4718

Sabine Deitmer
Die schönsten Männer der Stadt
Balzgeschichten
Band 13620

Anna Dünnebier
Der Quotenmann
Roman
Band 11779

Angélica Gorodischer
Eine Vase aus Alabaster
Roman
Band 13278

Christine Grän
Die kleine Schwester der Wahrheit
Roman
Band 10866

Tina Grube
Ich pfeif auf schöne Männer
Roman
Band 13320
Lauter nackte Männer
Roman
Band 13768
Männer sind wie Schokolade
Roman
Band 12689

Karin Hartig
Reihenhaus-Blues
Roman. Band 13239

Eva Heller
Beim nächsten Mann wird alles anders
Roman
Band 3787

Bettina Hoffmann
Abgang mit Applaus
Band 11613
Die Emanzen sind los
Die Gründung des Frauenstaates Lilith
Roman
Band 12424

Anna Johann
Ich liebe meine Familie - ehrlich
Roman
Band 13082

Fischer Taschenbuch Verlag

fi 21 / 10 a

Die Frau in der Gesellschaft

Anna Johann
Geschieden, vier Kinder, ein Hund – *na und*?
Band 11118

Jil Karoly
Ein Mann für eine Nacht
Roman
Band 13276
Mein wunder-voller Wonderbra
Roman
Band 13619

Dagmar Kekulé
Paulinas wilde Reiter
Roman
Band 13680

Claudia Keller
Windeln, Wut und wilde Träume
Briefe einer verhinderten Emanze
Band 4721

Claudia Keller
Kinder, Küche und Karriere
Neue Briefe einer verhinderten Emanze
Band 10137
Frisch befreit ist halb gewonnen
Reisebriefe einer verhinderten Emanze
Band 10752
Der Flop
Roman. Band 4753
Kein Tiger in Sicht
Satirische Geschichten
Band 11945

Hannelore Krollpfeiffer
Telefonspiele
Roman
Band 12423

Fern Kupfer
Zwei Freundinnen
Roman
Band 10795
Liebeslügen
Roman
Band 12173

Anna von Laßberg
Eine Liebe in Bonn
Roman
Band 12760

Ulla Lessmann
Helenens gestörte Ruhe
Roman
Band 13529

Doris Lerche
Der lover
Band 10517
Eine Nacht mit Valentin
Erzählungen
Band 4743

Fischer Taschenbuch Verlag

fi 21 / 12 b

Die Frau in der Gesellschaft

Doris Lerche
21 Gründe, warum eine Frau mit einem Mann schläft
Erzählungen
Band 11450

Hera Lind
Ein Mann für jede Tonart
Roman
Band 4750
Frau zu sein bedarf es wenig
Roman
Band 11057
Das Superweib
Roman
Band 12227
Die Zauberfrau
Roman
Band 12938
Das Weibernest
Roman
Band 13770

Frances Lucas
Die Gegenspielerin
Roman. Band 13280

Wer sich nicht wehrt, kommt an den Herd
Zwanzig amüsante Kurzgeschichten von **Hera Lind** und anderen Superweibern
Herausgegeben von Ingeborg Mues
Band 13857

Susi Piroué/Caroline Baur
Liebe Freundin, liebe Feindin
Ein Roman in Briefen. Band 13352

Gisela Schalk
Frauen in den besten Jahren
Kurzgeschichten
Band 12073

Birgit Stobbe
Frauen wie wir
Roman
Band 13264

Susan Szabo
Amor zählt bis drei
Roman
Band 13406

Lea Wilde
Adam, rück den Apfel raus
Roman. Band 13767
Männer aus zweiter Hand
Roman
Band 13084

Dorit Zinn
Küß keinen am Canale Grande
Roman. Band 13458
Mit fünfzig küssen Männer anders
Roman
Band 12939

Fischer Taschenbuch Verlag

fi 21 / 3 c